# UNNÜTZES WISSEN UND FAKTEN ÜBER MÄNNER UND FRAUEN

Von Sebastian Jäger

faktiva.de ⌣ gute Unterhaltung

 hi@faktiva.de      instagram.com/faktiva.de

# Vorwort

Frauen sehen mittwochs am ältesten aus. Männer fallen häufiger aus dem Bett als Frauen. 76 Tage ihres Lebens wühlen weibliche Wesen in ihren Handtaschen, während Männer mit Bart weniger Bier trinken.

Tauche ein in die faszinierende Welt der weiblichen und männlichen Mysterien! **Unnützes Wissen und Fakten über Männer und Frauen** ist bestens als Klo-Lektüre und Geschenk geeignet. Von absurden Modeerscheinungen bis hin zu verrückten Dingen über die menschliche Sexualität.

Ein Muss für alle, die schon immer wissen wollten, wie viele Schuhe Frauen besitzen, warum ein mexikanischer Indianer-Stamm künftige Väter während der Geburt leiden lässt, warum Frauen im antiken Rom Taubenkot und Pferde-Urin auf ihre Haare schmierten, warum sich Männer gerne in den Schritt greifen, weshalb Frauen in Nordsibirien Männer mit Feldschnecken bewerfen und was High-Heels mit dem männlichen Geschlecht zu tun haben.

Für dieses Buch wurden verschiedene Studien hergenommen und Umfragen ausgewertet, wovon manche echt unsinnig sind. Aber das passt ja perfekt! Auf eine Quellenangabe wird aufgrund der Menge an Fakten verzichtet. Solltest du dazu Fragen haben, schreibe am besten eine Mail an **hi@faktiva.de**.
.

# INHALT

# Das Symbol der Weiblichkeit

Jeder kennt es und hat es schon einmal gesehen: das Symbol für das weibliche Geschlecht, welches einen Kreis mit einem Kreuz darin bildet. Doch was bedeutet dies eigentlich?

Dabei handelt es sich um das sogenannte Venus-Symbol, das die römische Liebesgöttin Venus repräsentiert und eine stilisierte Darstellung des Handspiegels der Göttin zeigt. Das symbolisiert somit die Weiblichkeit. In der Astronomie hingegen gilt es als Symbol für den Planeten Venus.

# Die Durchschnittsfrau

Betrachtet man die durchschnittliche Frau in Deutschland (Stand 2023), so beläuft sich ihr Gewicht auf etwa 70,3 Kilo bei einer Größe von 1,65 Metern. Das ergibt einen BMI von 25,8, wobei bereits ab 25 als leicht übergewichtig gilt.

Auffällig an diesen Zahlen ist, dass auch hier im Laufe der Jahre eine leichte Zunahme zu verzeichnen ist. Vor einigen Jahren wog die durchschnittliche Frau noch etwas weniger und war ein paar Zentimeter kleiner.

Global betrachtet hat sich an diesen Werten nicht viel geändert. Der Durchschnitt bei der Größe liegt weltweit weiterhin bei etwa 1,60 Metern. Deutsche Frauen übertreffen also den globalen Durchschnitt, sind jedoch nicht die größten. Die Frauen mit der höchsten Durchschnittsgröße kommen ebenfalls aus den Niederlanden, mit 1,70 Metern – genauso wie die Männer, die dort im Durchschnitt auch 1,84 Meter groß sind.

# KURIOSE FAKTEN ÜBER FRAUEN

## Wer pupst denn da?

Laut Studien haben Männer mehr Flatulenzen als Frauen. Oder mit anderen Worten: sie pupsen häufiger. Aber das ist wahrscheinlich alles Quatsch, denn es existieren auch gegenteilige Studien, laut denen – und das ist nun viel wahrscheinlicher – jedes Geschlecht einfach gleichviele Blähungen vorweisen kann. Männer halten es eher nicht ganz so dezent zurück wie Frauen.

Fun Fact: Frauen-Pupse haben eine höhere Konzentration an schwefelhaltigen Verbindungen, wodurch der Geruch intensiver wirkt.

## Kein täglicher Unterhosenwechsel

2023 kam im Rahmen einer GfK-Erhebung heraus, dass jede zehnte Frau in Deutschland ihre Unterhose nicht täglich wechselt. Beim anderen Geschlecht ist es gar jeder vierte Mann.

## Das Fahrrad-Gesicht

Im 19. Jahrhundert warnten Ärzte die Frauen vor der Fahrrad-Gesichts-Krankheit. Die Gesichtsausdrücke, die Frauen während dem Fahrradfahren machten, sollten bei ihnen dauerhaft bestehen bleiben.

## Bei lebendigem Leibe (freiwillig) verbrannt

In Indien und Nepal war die Sitte der Witwenverbrennung verbreitet. Hierbei opferten Frauen als Ausdruck von Hingabe und Liebe ihr Leben auf dem Scheiterhaufen ihrer verstorbenen Ehemänner. Obwohl dies als freiwillige Handlung gedacht war, wurden Frauen gelegentlich mittels Drogen beeinflusst oder gewaltsam ins Feuer gedrängt.

## Frauen trugen erst nach den Männern High-Heels

High-Heels wurden nicht etwa von Frauen erfunden, sondern von Männern. Man kennt die Ölgemälde und Bilder aus dem 16. Jahrhundert, auf denen vor allem Adelige Stöckelschuhe tragen. Dass Frauen später auch High-Heels an ihre Füße steckten, lag einfach daran, dass sie dadurch maskuliner wirken wollten.

## Der Penisneid

Sigmund Freud, der Begründer der Psychoanalyse, hatte zu Lebzeiten eine eher verachtende Einstellung gegenüber Frauen, die eine Karriere anstrebten. Für ihn waren Frauen nicht nur kindisch, sondern sie sollten außerdem die klassische Rolle der Hausfrau erfüllen. Sobald eine Frau lieber eine Karriere bevorzugte, bezeichnete er diese als neurotisch und von „Penisneid" angetrieben.

## Kein Reitsport

Im Buch „Exercise for Ladies" von 1837 wurde Frauen geraten, auf das Reiten zu verzichten, da es angeblich zu Verformungen im unteren Körperbereich führen könnte. Dieses Werk war nur eines von vielen in der viktorianischen Ära, das die Ansicht vertrat, dass Frauen anstrengende körperliche Betätigungen oder Sport vermeiden sollten.

## Der Keuschheitsgürtel

Keuschheitsgürtel, abschließbare Kleidungsstücke zur Verhinderung von Geschlechtsverkehr, wurden etwa ab 1700 eingeführt und waren bis in die 1930er Jahre in Gebrauch.

In der Regel wurden diese Gürtel jungen Mädchen angelegt, um ihre Jungfräulichkeit bis zur Ehe zu bewahren und sie angeblich vor den vermeintlichen negativen Auswirkungen der Masturbation zu schützen. Es wurde geglaubt, dass Masturbation Unfruchtbarkeit und dämonische Besessenheit verursachen könnte.

## Scheiterhaufen statt Schmerzlinderung

Auf dem Scheiterhaufen wurde Eufame Maclayne im Jahr 1591 hingerichtet, nachdem sie während der Geburt ihrer Zwillinge um Schmerzlinderung gebeten hatte. Religiöse Führer dieser Ära sahen in ihrer Bitte einen Verstoß gegen die göttliche Anordnung, dass Frauen aufgrund von Evas Taten im Garten Eden Schmerzen empfinden sollten.

In Nordsibirien gibt es eine merkwürdige Flirttradition. Frauen, die mit Männern flirten, bewerfen diese mit Feldschnecken.

Umfragen legen nahe, dass Frauen die erstaunliche Fähigkeit haben, beim Einkaufen „im Vorbeigehen" zu wissen, ob Kleidungsstücke zueinander passen oder nicht.

In einer Ausgabe von „Mother & Baby" aus 1958 wurde vorgeschlagen, dass traurige Mütter nach der Geburt besser Möbel streichen sollten, anstatt einen Arzt aufzusuchen.

Der Legende nach schnitten sich die Amazonenkriegerinnen ihre rechte Brust ab, um das Spannen ihres Bogens zu erleichtern.

## Die offene Unterhose

Im viktorianischen Zeitalter bevorzugten Frauen Unterhosen mit offenem Schrittbereich aus der Überzeugung heraus, dass dies hygienischer sei. Dies führte dazu, dass Frauen ihre Unterwäsche seltener wechselten. Paradoxerweise trugen Pariser Can-Can-Tänzerinnen dazu bei, Unterwäsche mit geschlossenem Schritt populär zu machen, indem sie sie in ihren Aufführungen präsentierten. Diese Entwicklung trug zur Veränderung der Vorlieben und Gewohnheiten in Bezug auf Damenunterwäsche bei.

## Absatz-Trägerinnen stürzen häufiger

Frauen, die hohe Absätze tragen, neigen häufiger zu Stürzen, selbst wenn sie zu diesem Zeitpunkt keine hohen Absätze tragen. Diese erhöhte Anfälligkeit für Stürze könnte auf eine mögliche Veränderung der Gangart und Balance zurückzuführen sein, die durch regelmäßiges Tragen von hohen Absätzen entsteht und sich auch auf das Verhalten ohne Absätze auswirken kann.

# Frauen sehen mittwochs am ältesten aus

Mittwochs um 15:30 Uhr könnte der Blick in den Spiegel für so manche Frau schockierend sein. Zumindest wenn man nach einer Studie des Beauty-Konzerns St. Tropez geht. Demnach sehen Frauen an dem Tag am ältesten aus, wobei drei Gründe genannt werden.

1. Das Wochenende, besonders sonntags, hinterlässt so seine Spuren. Cocktails und Co. zeigen ihre Spätfolgen erst etwa 72 Stunden später. Das bedeutet: Grauere Haut, ein bisschen Schlaffheit, und der Wochenstart ist schuld.

2. Die Nacht von Sonntag auf Montag kann wie ein Albtraum sein – schlechter Schlaf raubt die Chance der Hautzellen auf Regeneration. Das Ergebnis? Augenringe, die bis zu den Knien reichen könnten. Denn wer zu wenig schläft, gönnt den Zellen nicht das dringend benötigte Beauty-Nickerchen.

3. Mittwochnachmittag ist der Gipfel der Arbeitswoche erreicht, und der Energielevel dümpelt in den Keller. Nicht nur die Laune ist da im ziemlich weit unten, sondern auch die Mundwinkel. Und das trägt nicht unbedingt zu einem frischen, jungen Aussehen bei.

Doch keine Bange, schon am Donnerstag geht es wieder bergauf mit dem Aussehen und dem Gemütszustand. Und dann ist da noch der Sex, der durchschnittlich gesehen häufig donnerstags verübt wird.

## In den Fluss geworfen

Hammurabis Gesetzbuch, vermutlich um 1790 v. Chr. verfasst, zählt zu den ältesten bekannten schriftlich festgehaltenen Gesetzessammlungen und beinhaltet einige der frühesten dokumentierten Ehegesetze. Diese Gesetze definierten die Ehe als einen Vertrag mit dem paradoxen Ziel, Frauen sowohl zu schützen als auch zu beschränken.

Laut dem Kodex konnte ein Mann sich von seiner Frau scheiden lassen, wenn sie keine Kinder zeugen konnte oder als „Schwätzerin" galt, die ihren Mann in der Öffentlichkeit demütigte und ihr Zuhause vernachlässigte. Zusätzlich konnte eine Frau bei Ehebruch in einen Fluss geworfen werden.

## Saures Brot und warme Fischgräten

Ein ägyptischer Papyrus aus der Zeit um 1400 v. Chr. enthält eine der frühesten medizinischen Aufzeichnungen über Brüste. In dieser wird beschrieben, wie der Milchfluss während der Stillzeit angeregt werden kann. Die Ratschläge umfassen das Reiben warmer Fischgräten auf den Rücken der Mutter, das Sitzen im Schneidersitz und das Einreiben der Brüste mit Mohnblumen, während sie saures Brot isst.

In nur 6 % der Fälle geht das Weinen eines Mannes in Schluchzen über, während es bei Frauen 65 % beträgt.

Verrücktes Gesetz: In Kalifornien ist es einer Frau im Hausmantel untersagt, ein Auto zu fahren.

In Ägypten kneifen Frauen die Braut, um Glück zu bringen, sowohl für diejenigen, die sie kneifen, als auch für die Braut selbst.

Alyse Ogletree aus North Texas hält seit 2014 einen Rekord: knapp 1569 Liter Muttermilch spendete sie.

## Impotenz war ein Scheidungsgrund für Frauen

Im 16. Jahrhundert konnten sich Frauen in Frankreich von ihren Männern scheiden lassen, wenn diese impotent waren. Die angeklagten Männer mussten schließlich während eines öffentlichen Prozesses beweisen, dass sie auch wirklich nicht mehr ejakulieren konnten.

## Wie häufig Frauen am Tag lügen

Der Großteil der Menschen lügt, egal ob bewusst oder unbewusst. Gegen so eine kleine Notlüge ist sicher nichts einzuwenden. Dennoch lügen Frauen am Tag weniger als Männer. In etwa 3-mal täglich lügen Frauen, während es bei Männern das Doppelte ist.

## Bügelverstärkter BH kann zur Gefahr werden

1995 spazierte eine Frau namens Berbel Zummer während eines Sturms durch einen Park in Österreich, wobei sie einen bügelverstärkten BH unter ihrer Kleidung trug. Das Metall in ihrem BH zog einen Blitz an, der sie sofort tödlich traf.

Frauen zeigen bei der Interpretation von Körpersprache eine Aktivität in 14-16 Bereichen des Gehirns, während Männer nur in 4-6 Bereichen aktiv sind.

Das durchschnittliche Alter bei der ersten Scheidung beträgt für Frauen 29 Jahre und für Männer in erster Ehe 30,5 Jahre. Im Falle einer zweiten Ehe liegt das Durchschnittsalter für Frauen bei 37 Jahren und für Männer bei 39,3 Jahren.

Im Mantokuji-Tempel in Japan haben Gäste die Möglichkeit, ihre Wünsche nach Scheidung auf einem Stück Papier festzuhalten und es anschließend die Toilette hinunterzuspülen. Traditionell diente der Tempel als Zufluchtsort für Frauen, die vor einer unglücklichen Ehe fliehen wollten.

## Frische Prise zwischen den Beinen

Im 19. Jahrhundert war es üblich, dass Frauen schwere Unterröcke trugen, um zu verhindern, dass kalte Winde ihre Röcke hochwehten – sie trugen in der Regel keine Unterwäsche darunter. Die Vorstellung, dass Frauen etwas zwischen den Beinen trugen, galt bis zur Mitte des 18. Jahrhunderts als unschicklich. In dieser Zeit ritten Frauen im Damensattel und Hosen galten als reine Männerkleidung.

## Sklaverei aus Liebe

In Virginia verlangte ein Gesetz, dass befreite Sklaven den Staat nach ihrer Freilassung verlassen mussten. Im Jahr 1815 stellte eine befreite Frau einen Antrag an die Legislative, um wieder in die Sklaverei zurückzukehren. Nur so konnte sie mit ihrem immer noch versklavten Ehemann verheiratet bleiben.

## Jungfräulichkeitstests

Frauen haben im Laufe der Geschichte unterschiedliche Methoden angewandt, um Jungfräulichkeitstests zu umgehen. Ein Beispiel findet sich im Buch „The Changeling" von 1622, in dem eine jungfräuliche Magd ihre Herrin schützt, indem sie die Nacht mit dem Bräutigam verbringt. Andere Frauen griffen zu Methoden wie der Verwendung von Hühnerblut oder sogar dem Ritzen ihrer Genitalien, um die Tests zu täuschen.

## Der Jungfrauen-Trank

In der Weltgeschichte von Plinius dem Älteren sind Rezepte für einen harntreibenden Trank enthalten, der angeblich von Jungfrauen getrunken werden sollte. Laut diesem Text gilt eine Frau als Jungfrau, wenn sie nach dem Konsum des Tranks nicht uriniert.

## Frauen-Tränen lassen Männerherzen erweichen

Ende 2023 veröffentlichten Forscher via PLOS Biology eine neue Studie bezüglich Frauen-Tränen und die darauffolgende Reaktion der Männer. Die Erkenntnisse zeigten, dass der Duft von Tränen die männliche Aggressivität um mehr als 40 Prozent reduziert.

Ein Neurobiologe interpretierte dies als eine mögliche Funktion von Tränen, die einen chemischen Schutzmantel bereitstellen, um vor Aggression zu schützen. Diese Reaktion könnte als ein von der Natur vorgesehener Mechanismus betrachtet werden, der den Testosteron-Spiegel senkt.

Das Gehirn der Frauen ist im Vergleich zu dem der Männer zwar um 9 Prozent kleiner. Dennoch besitzen sie die gleiche Anzahl an Gehirnzellen.

Der Ellenbogen von Frauen lässt sich um sechs Grad weiter überstreckten als der von Männern.

Frauen können laut Wissenschaftlern mehr Farbtöne als Männer erkennen, was angeblich am doppelten X-Chromosom liegt.

75 Prozent der Frauen stellen selbst dann Fragen, wenn sie die Antwort bereits wissen.

## Größere Brüste für 24 Stunden

Das sogenannte „Insta-Breast"-Verfahren ist für all diejenigen Frauen interessant, die zu viel Geld haben und eine Brustvergrößerung auf Zeit wünschen. Während eine traditionelle Brustvergrößerung schon ab 5.000 Euro möglich ist, liegt der Preis bei Insta-Breast zwischen 2.000 und 3.000 Euro.

Einen Haken bzw. Vorteil hat das Ganze jedoch: die injizierte sterile Kochsalzlösung hält nur 24 Stunden an und wird schließlich vom Körper abgebaut. Somit lassen sich also größere Brüste für 24 Stunden tragen, während dennoch ein Infektionsrisiko herrscht.

## Frauen in Männerkleidern

In den albanischen Bergen leben die sogenannten eingeschworenen Jungfrauen (Burrnesha), die sich absichtlich als Männer ausgeben, um soziale Erwartungen zu erfüllen, gesellschaftliche Einschränkungen von Frauen oder auch um das Fehlen männlicher Nachkommen zu vermeiden.

Sie schneiden sich die Haare ab, tragen Männerkleidung, Waffen und passen ihr Verhalten sowie Verpflichtungen an. Dadurch erhalten sie auch mehr Rechte, darunter mehr Berufsmöglichkeiten wie Militär. Da sich die albanische Gesellschaft im Laufe der Jahre modernisiert hat, verliert die Burrnesha-Tradition immer mehr an Bedeutung.

# Kurz & Knackig

Die speziell für die Gummistiefel-Weitwurf-Weltmeisterschaft hergestellten Schuhe werden von Männern in der Größe 43 und von den Frauen in der Größe 38 geworfen.

In Japan gibt es Filme für Männer, deren Fetisch es ist, High-Heels-tragende Frauen beim Zertreten von Modelleisenbahnen zuzuschauen.

Ein Restaurant in New York City bietet Käse an, der aus Muttermilch hergestellt wird. Laut dem Chefkoch variiert der Geschmack abhängig von der Ernährung der Mutter.

In Tibet ist es nicht ungewöhnlich, Polyandrie praktiziert zu sehen, was bedeutet, dass eine Frau mehrere Ehemänner haben kann. Zum Beispiel teilt ein Hirte seine Frau mit seinen Brüdern und Halbbrüdern.

## Olympische Spiele für Frauen

Im antiken Griechenland durften Frauen den Olympischen Spielen nicht beiwohnen. Also veranstalteten diese einfach selbst eine sportive Festlichkeit namens Heraean Games. Diese Spiele, in denen es hauptsächlich um Wettläufe ging, wurden alle 4 Jahre während der Olympischen Spiele organisiert.

## Mehr Mädchen Richtung Äquator

Je näher eine Frau am Äquator wohnt, desto höher ist die Wahrscheinlichkeit bei der Geburt ein Mädchen zu bekommen. Das bedeutet also, je höher wiederum der Breitengrad ist, desto wahrscheinlicher wird ein Junge geboren. Das hatte nicht nur bereits Aristoteles behauptet, sondern das kam ebenso in einer Studie der University of Georgia in Athen heraus. Dafür untersuchte man das Geschlechterverhältnis in 202 Ländern.

## Glied statt Bein

Frauen von hoher Bildung im 19. Jahrhundert scheuten davor zurück, das Wort „Bein" auszusprechen, da es als zu freizügig galt. Anstelle dessen zogen sie es vor, den Ausdruck „Glied" zu verwenden.

## Wieviel Lippenstift nutzt eine Frau in ihrem Leben?

Dieses Thema wurde schon häufig umstritten diskutiert, denn es hält sich das Gerücht, dass eine Frau im Durchschnitt etwa 2,7 – über 3 Kilogramm Lippenstift in ihrem Leben verbraucht. Auch wenn diese Zahl krass klingt, so ist sie falsch. Ein Lippenstift beherbergt eine Menge von 3 Gramm an verbrauchsfähigem Material, was also etwa 1.000 Lippenstifte wären. Täglich angewandt, wohlbemerkt.

Schon realistischer betrachtete das National Health and Medical Research Council (NHMRC) das Ganze – auch wenn es bereits in den Neunzigern untersucht wurde. Demnach geht man von einer durchschnittlichen Nutzung zwischen 500 und 1.500 Gramm aus. Das wären immerhin 167 bis 500 Lippenstifte im ganzen Leben.

Am Ende lässt sich nur mutmaßen, wie hoch der Lippenstift-Verbrauch tatsächlich ist. Zumal es dabei stark auf das individuelle Nutzungsverhalten ankommt.

## Auch die Herrscherin musste Bart tragen

Im alten Ägypten galt der Bart als autoritär und sollte Respekt einflößen. Da aber nicht nur männliche Pharaos in Ägypten regierten, sondern beispielsweise auch die Königin Hatshepsut, musste diese ebenso Bart tragen.

Dafür nutzte diese einen falschen Bart, der einfach umgeschnallt wurde. Dieser Bart ist noch an alten Statuen und auf Bildern von Hatshepsut zu sehen. Übrigens wurde der Bart gerne auch Gold gefärbt, wodurch der höhere Status einer Person unterstrichen wurde.

Bereits im Säuglingsalter zeigt das weibliche Geschlecht im Allgemeinen ein verstärktes Interesse an Gesichtsausdrücken, emotionalen Nuancen in der Stimme und nonverbalen Signalen im Vergleich zu Männern.

Die Linie, die in der Mitte des Bauches einer schwangeren Frau erscheint, ist bereits vorhanden. Die Schwangerschaftshormone verändern lediglich die Pigmentierung, wodurch sie deutlicher wird.

In wohlhabenderen Ländern besteht eine geringere Wahrscheinlichkeit, dass Mütter stillen.

Eine Mutter kann von ihrem Säugling anhand des Geruchs der Muttermilch erkannt werden.

WISSENSWERTES ÜBER
FRAUEN

## Frauen reden zu viel?

Es wird im Allgemeinen so empfunden, dass das weibliche Geschlecht im Vergleich zu Männern mehr redet. Das wurde jedoch wissenschaftlich widerlegt, denn die Herren der Schöpfung quasseln mindestens genauso viel.

## Längere Lebenserwartung für Frauen

Im Allgemeinen haben Frauen eine längere Lebenserwartung als Männer. Dies wird oft auf biologische Faktoren sowie Unterschiede im Lebensstil und im Umgang mit Gesundheit zurückgeführt. Im Durchschnitt sterben Frauen mit 83,4 Jahren, während Männer rund fünf Jahre früher sterben.

## Lakritz kann Libido steigern

Der Genuss von Lakritz sollte grundsätzlich nicht übermäßig erfolgen, da dieser gesundheitliche Probleme mit sich führen kann. Dennoch können Frauen davon profitieren, etwa um die Libido zu steigern oder auch um hormonbedingter Akne und Haarausfall zu entgegnen. Bei Männern hingegen können schon 7 Gramm zu Potenzproblemen führen.

## Füße wachsen nur bis 12 Jahre

Es dauert in der Regel 12 Jahre, bis die weiblichen Füße ausgewachsen sind. Das liegt daran, dass sich das Körperwachstum von Mädchen früher als bei Jungen verlangsamt. Bei Jungen hingegen wachsen die Füße bis zum 15. Lebensjahr.

Frauen tragen bis zu zwei Drittel der weltweiten Arbeitsstunden bei, erhalten jedoch lediglich ein Zehntel des weltweiten Einkommens.

Da Frauen einen größeren winkelförmigen cingulären Kortex besitzen, gehen diese weniger Risiken als Männer ein. Und durch ihre dickere Großhirnrinde sind sie auch rationaler.

Auch Frauen verfügen über einen Adamsapfel, also den vor allem bei Männern sichtbaren Schildknorpel am Kehlkopf. Ist der Adamsapfel bei Frauen sichtbar, so liegt das am männlichen Hormon Testosteron. Das tritt in diesem Fall vermehrt auf.

## Frauen nehmen Farben anders war

Forscher der City University of New York belegten, dass es zwischen Frauen und Männer gewisse Unterschiede beim Sehen gibt. Während Männer zwar feinere Details und bewegte Objekte besser erkennen, können Frauen Farbnuancen besser unterscheiden. Die Welt wirkt für das weibliche Geschlecht von den Tönen her wärmer. Im Durchschnitt besitzen Frauen 20 Prozent weniger Neuronen im Sehzentrum. Übrigens blinzeln sie auch doppelt so häufig wie Männer.

## Wandlungsfähig

Zwischen 15 und 65 Jahren gehen Frauen in etwa 250-mal in ihrem Leben zum Friseur. Währenddessen versuchen sie sich an 150 verschiedenen Haarstilen – sei es nun in Kombination mit neuen Schnitten oder Farben. Als einer der Hauptgründe für den häufigen Stilwechsel wurde in einer Umfrage genannt, dass man sich zu schnell satt sieht und sich etwas Neues wünscht.

## Frauen werden schneller betrunken

Es ist allgemein bekannt, dass Frauen durch Alkohol schneller betrunken werden. Doch woran liegt das? Männer haben im Vergleich zu Frauen mehr Flüssigkeit in ihrem Körper, wodurch sich das Ethanol mehr verteilt. Im Gegensatz dazu besitzen Frauen mehr Fettgewebe, was in einer schnelleren Wirkzeit des Alkohols resultiert.

Frauen haben Bedenken - wenn auch auf unbewusster Ebene -, dass Männer mit tieferen Stimmen eher untreu sein könnten, während Männer annehmen, dass Frauen mit höheren Stimmen sie eher betrügen.

Rund 38% aller Morde an Frauen weltweit werden von ihren engen Partnern begangen.

In Äthiopien verwenden Frauen einiger Stämme Lippenplatten, um einen wohlhabenden Bräutigam anzuziehen. Die Größe der hervorstehenden Lippe beeinflusst dabei die Höhe der Brautgabe.

Im antiken Griechenland wurde die traditionelle Rolle der Hausfrau erst dann akzeptiert, wenn Frauen Mütter wurden.

## Wie Frauen und Männer das andere Geschlecht abchecken

Frauen haben ein breiteres peripheres Sichtfeld, was es ihnen ermöglicht, den Körper eines Mannes von Kopf bis Fuß zu erfassen, ohne dass es offensichtlich wird.

Im Gegensatz dazu ist das periphere Sichtfeld bei Männern begrenzter, wodurch ihr Blick auffälliger am Körper einer Frau auf und ab wandert. Es zeigt sich, dass Männer nicht zwangsläufig intensiver starren als Frauen; ihr fokussierter Blick macht sie einfach leichter erkennbar.

Wenn bei Frauen die Tränen kullern, dann häufig aus Ärger und Wut, während Männer eher aus Rührung oder Erfolg ihre Emotionen zeigen. Frauen weinen durchschnittlich zwei- bis viermal im Monat – teilweise bis zu sechs Minuten lang.

Frauen-Herzen schlagen schneller: der Ruhepuls liegt im Durchschnitt bei etwa 70 Schlägen pro Minute. Bei Männern sind es 60 Schläge.

Darf man einer Studie glauben - schließlich sollte man da immer etwas Vorsicht walten lassen – ist die Wahrscheinlichkeit bei größeren Frauen höher an Krebs zu erkranken.

Männer besitzen pro Milliliter mit 4,7 – 6,1 Millionen mehr rote Blutkörperchen als Frauen mit 4,2 – 5,4 Millionen.

## Sie können mich mal

47 Prozent der Männer haben schon einmal jemandem den „Stinkefinger" beim Autofahren gezeigt. Bei Frauen hingegen sind es 38 Prozent. 46 Prozent der Kerle wurden schon einmal verbal ausfällig, bei dem weiblichen Geschlecht sind es 36 Prozent. (Die Dunkelziffer dürfte natürlich ganz anders ausfallen.)

## Die Frau an der linken Seite

Im 18. und 19. Jahrhundert war es üblich, dass sich Frauen an der linken Seite eines Mannes aufhielten. Das hatte einfach den Hintergrund, damit ihr Beschützer schnell das Schwert bzw. die Pistole ziehen konnte.

## Die Rückkehr aus dem Weltraum

Nach der Rückkehr aus dem Weltraum zeigen sich zwar in der Regel ähnliche Auswirkungen bei beiden Geschlechtern, dennoch gibt es einige Unterschiede für die Zeit nach dem Weltraumbesuch. Männer erleben häufig Probleme mit ihren Augen und Ohren, sobald sie wieder in die Erdatmosphäre eintauchen – eine Herausforderung, der Frauen beispielsweise nicht gegenüberstehen.

Zusätzlich neigen Männer nach ihrer Rückkehr dazu, unter Übelkeit zu leiden, während es bei Frauen genau umgekehrt ist. Frauen hingegen verspüren eher Übelkeit beim Eintritt in den Weltraum.

Alle 90 Sekunden stirbt weltweit eine Frau während der Geburt oder während ihrer Schwangerschaft.

Bei fast drei Vierteln der Mütter ist die Produktion von Milch in der rechten Brust stärker als in der linken.

Eine Studie ergab, dass Frauen im Durchschnitt 47 Stunden und 15 Minuten lang ein Geheimnis für sich behalten können, bevor sie den Drang verspüren, es mit anderen zu teilen.

Nach dem ersten Treffen werden brünette Frauen häufig als intelligenter eingeschätzt als Frauen mit anderen Haarfarben.

## Alleskönner Muttermilch

Dass die Muttermilch ein echter Alleskönner ist, ist kein Geheimnis. So lässt sich die Milch etwa äußerlich auf die Haut auftragen, um das ein oder andere Problem zu lösen – darunter Ekzem, Akne, Windelausschlag, Wunden desinfizieren, Schmerzen lindern, vor Sonnenbrand schützen, verstopfte Tränenkanäle säubern und noch einiges mehr.

Ok, aber du willst jetzt sicherlich auch etwas über Muttermilch lesen, das du noch nicht weißt, richtig? Nun, Muttermilch lässt sich auch zu Schmuck verarbeiten. Erst wird die Muttermilch dafür erhitzt, schließlich abgekühlt, um dann mit Konservierungsmitteln zu Schmucksteinchen verarbeitet zu werden.

## Die niedrigsten Stillraten hat…

In Großbritannien sind die Stillraten weltweit am niedrigsten, mit nur 0,5 % der Mütter, die ein Jahr nach der Geburt noch stillen. Im Gegensatz dazu liegt die Stillquote in Senegal bei 99 %. In Deutschland liegt die Stillrate übrigens nach 4 Monaten nur noch bei 34 %. 16 % sind es schließlich nach einem Jahr.

## Der Bikini-Erfinder

Natürlich war es ein Mann… Der ursprüngliche Bikini wurde von dem Automobilingenieur Louis Réard (1897-1984) entworfen und hatte eine winzige Fläche von nur 30 Quadratzentimetern. Réard betonte, dass ein Bikini erst als solcher gelten würde, wenn man ihn „durch einen Ehering ziehen" könne.

Forbes zufolge hat sich seit 2005 die weltweite Anzahl an weiblichen Führungspositionen verdoppelt.

Es gibt nur einen einzigen US-Bundesstaat, der von einer Frau gegründet wurde: Miami.

In Deutschland leben mehr Frauen als Männer. So kommen auf 1000 Frauen durchschnittlich 971 Herrschaften.

In Deutschland konsumieren Frauen pro Jahr durchschnittlich etwa 7 Liter Alkohol, während es bei Männern 16,8 Liter (336 Liter Bier mit einem Alkoholgehalt von 5%) sind.

„Rote Lippen soll man küssen"
Studien der Universität Manchester zeigen: Frauen, die beim Flirten roten Lippenstift tragen, fangen die Blicke der Männer für 7,3 Sekunden ein, im Vergleich zu 6,7 Sekunden bei pinken Lippen. Was man so alles erforschen kann...

Wusstest du, dass mehr als 80 Prozent der Frauen die falsche BH-Größe tragen? Das kann am Ende zu Schmerzen in Rücken, Schulter und Genick führen.

Wonder Woman aus dem Jahr 2017 war der erste Superheldinnen-Film, der von einer Frau gedreht wurde.

Im europäischen Mittelalter war es verheirateten Frauen nicht erlaubt, sich wieder scheiden zu lassen oder Eigentum zu besitzen. Es sei denn, sie waren Witwen.

In der matriarchalischen Gesellschaft der Tuareg in Nordafrika tragen die Männer Schleier, während die Frauen dies nicht tun.

## Der Frauen-Strand

La Femme ist ein spezieller Frauenstrand in Ägypten, der einen geschützten Raum bietet, fernab von neugierigen Blicken von Männern und Kameras. Hier haben muslimische Frauen die Freiheit, ihre übliche Kopf- und Körperbedeckung durch Bikinis zu ersetzen, ohne das Gefühl zu haben, gegen religiöse Grundsätze zu verstoßen.

## Der erste Bikini

Micheline Bernardini, ein französisches Fotomodell und Nackttänzerin, präsentierte erstmals den Bikini am 5. Juli 1946 während einer Modenschau am Pool des Piscine Molitor in Paris. Diese bahnbrechende Präsentation führte später dazu, dass sie 50.000 Fanbriefe erhielt.

## Knoblauch unter dem Schleier

In der Antike trugen römische Bräute einen Kräuterstrauß unter ihrem Schleier, der Bestandteile wie Knoblauch und Rosmarin enthielt. Dies hatte symbolische Bedeutung für Treue und Fruchtbarkeit sowie den Schutz vor dem Bösen. Diese Kräutersträuße gelten als Vorläufer der heutigen Brautsträuße.

Das einzige Sport-Event, an dem Frauen im Jahr 1924 bei den Olympischen Spielen teilnehmen durften, war das Schlittschuhlaufen. Insgesamt 15 Frauen waren dabei.

Während des Zweiten Weltkriegs übermittelte eine afroamerikanische Künstlerin den französischen Soldaten geheime Botschaften, indem sie Notenblätter mit unsichtbarer Tinte bedeckte.

Das ist zwar ziemlich umstritten, doch es wird häufig angenommen, dass der japanische Roman „Die Geschichte vom Prinzen Genji" auch gleichzeitig der erste von einer Frau veröffentlichte Roman ist. Nämlich von der Hofdame Murasaki Shikibu (ca. 978–1014).

## Das Victoria's Secret-Model

Die durchschnittliche Frau misst 1,70 Meter und wiegt 61 Kilogramm. Im Vergleich dazu ist ein Model von Victoria's Secret mit denselben Maßen 1,70 Meter groß und wiegt 51 Kilogramm. Die typischen Maße eines Victoria's Secret-Models sind eine Brustweite von 86 cm, eine Taille von 61 cm und eine Hüfte von 86 cm.

## Imitierte Körpersprache

Frauen spiegeln intuitiv viermal häufiger die Körpersprache anderer Frauen wider als Männer die Körpersprache anderer Männer. Obwohl Frauen auch die Körpersprache von Männern widerspiegeln, zögern Männer oft, die Gesten oder Körperhaltung von Frauen zu imitieren, es sei denn, sie befinden sich im Balzmodus.

## Sie hat Sinn für Humor

Studien zeigen, dass Frauen über Männer lachen, zu denen sie sich hingezogen fühlen. Männer hingegen fühlen sich zu Frauen hingezogen, die über sie lachen. Wenn ein Mann sagt, dass eine Frau einen guten Sinn für Humor hat, meint er oft, dass sie seine Witze schätzt und darüber lacht.

Zwei der Sieben Weltwunder der Antike wurden von Frauen erschaffen: die Hängenden Gärten von Babylon und das Mausoleum von Halikarnassos.

Die größte Frau der Welt war die Chinesin Zeng Jinlian, die 1982 bei einer Körpergröße von 246,3 cm starb.

Werdende Eltern in Arizona lösten bei einer Geschlechtsenthüllungsparty einen Flächenbrand auf einer Fläche von 47.000 Hektar aus, der einen Schaden von 8 Millionen Dollar verursachte.

## Der Bauchansatz

Frauen empfinden weniger Anziehung zu Männern mit einem „Bauchansatz". Männer mit einem erhöhten Bauchfettanteil weisen niedrigere Testosteronspiegel auf, was zu einer verminderten sexuellen Antriebskraft und verringerten Fruchtbarkeit führen kann. Natürlich ist zu bedenken, dass dies auf einer natürlichen Ebene geschieht, wobei letztendlich die individuellen Präferenzen bei der Partnerwahl im Vordergrund stehen.

## Die Midlife-Crisis

Ungefähr 10 % der Männer und Frauen befinden sich in einer Midlife-Crisis, einer Phase zwischen 35 und 55 Jahren. In dieser Zeit wird oft plötzlich die Erkenntnis über das Älterwerden geweckt, begleitet von Bedauern über unerreichte Ziele und Hoffnungen.

## Wer zahlt?

Eine 2013 durchgeführte MSN-Umfrage kam zu dem Ergebnis, dass fast zwei Drittel der Frauen unter 35 Jahren anbieten, für Verabredungen zu zahlen. 39 % hoffen, dass der Mann das Angebot ablehnt, und 44 % sind verärgert, wenn er sie zahlen lässt.

In Studien, in denen sich unbekannte Männer und Frauen drei Minuten lang in die Augen schauten, gaben viele an, dass sie sich „leidenschaftlich verliebt" fühlten. Der dabei ausgelöste Augenkontakt aktiviert das ventrale Striatum im Gehirn, auch als Belohnungszentrum bekannt, und ist somit ein entscheidender Faktor für erfolgreiche Flirts.

1893 gewährte Neuseeland als erstes Land Frauen in der Neuzeit das Wahlrecht.

Laut einer Studie neigen Frauen dazu, sich eher mit Männern zu verabreden, deren Geruch dem ihrer Väter ähnelt.

In einigen Teilen Indiens sind Frauen von den Gesetzen zur Straßenverkehrssicherheit ausgenommen, was jährlich zu Tausenden von Todesfällen und Verletzungen führt.

## Unangenehm

In unangenehmen Situationen berühren Frauen bevorzugt ihren Nacken, ihre Kleidung, ihren Schmuck, ihre Arme und ihre Haare, während Männer eher dazu neigen, ihr Gesicht zu berühren.

## Wenn die Tasche im Weg steht

In Situationen, in denen sich eine Frau unwohl oder sich nicht zu jemandem hingezogen fühlt, hält sie oft ihre Tasche fest oder platziert sie vor sich, um ihren Körper zu bedecken. Wenn sie sich hingegen zu einer Person hingezogen fühlt, rückt sie die Tasche beiseite, um eine barrierefreiere Verbindung zu ermöglichen.

## Die Farbe der Liebe

Frauen erscheinen für Männer attraktiver, wenn sie die Farbe Rot tragen. Es zeigt sich, dass Frauen in roter Kleidung wahrscheinlicher zu einem Date eingeladen werden, und oft wird sogar mehr Geld für sie ausgegeben. Dieses Phänomen wirft die Frage auf, ob es einen Zusammenhang mit dem Verhalten paarungsbereiter Tiere gibt, die zufällig rote Körperteile präsentieren (etwa den Popo). Ein geschickter Schachzug der Natur.

## Mmhh, du duftest heute nach Gurke

Der Zeitschrift Cosmopolitan zufolge steigert die Duftkombination aus Lavendel und Kürbis die Attraktivität von Frauen für Männer. Andererseits übt der Geruch von Gurken oder schwarzer Lakritze eine Anziehungskraft auf Frauen aus.

Der höchste bisher gemessene IQ beträgt 228. Dieser wurde von der Amerikanerin Marilyn vos Savant im Jahr 1956 erreicht, als sie zehn Jahre alt war.

Ehen, in denen die Frau zwei oder mehr Jahre älter ist als ihr Mann, haben eine um 53 % höhere Scheidungswahrscheinlichkeit im Vergleich zu Ehen, in denen der Mann drei oder mehr Jahre älter oder nur ein Jahr jünger ist.

Global betrachtet werden lediglich 24 % der Führungspositionen von Frauen eingenommen.

Stoffe wie Pelz, Viskose und Seide betonen die Sanftheit und feminine Ausstrahlung einer Frau, und können bei Männern eine intensive, schützende Reaktion auslösen.

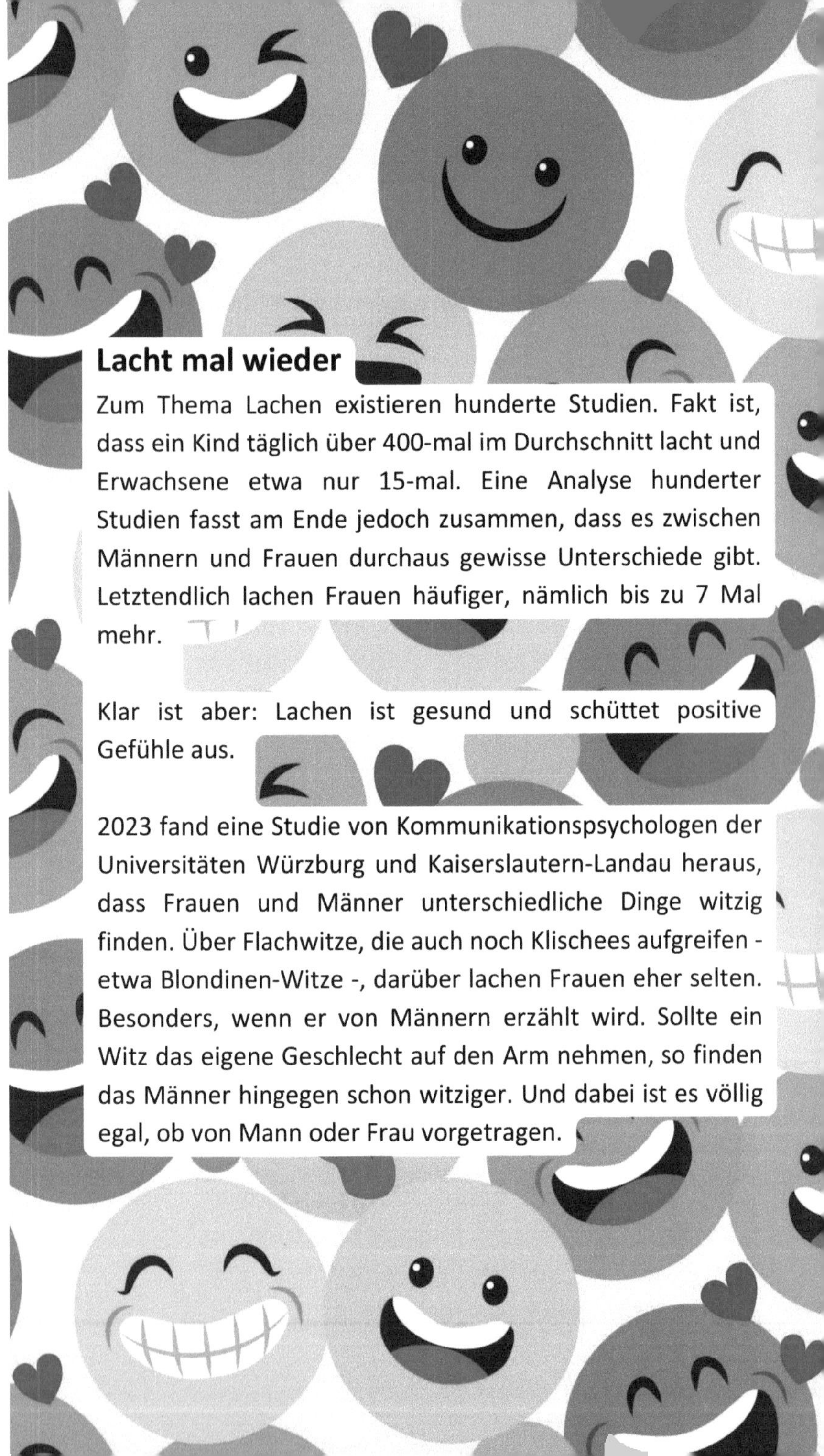

## Lacht mal wieder

Zum Thema Lachen existieren hunderte Studien. Fakt ist, dass ein Kind täglich über 400-mal im Durchschnitt lacht und Erwachsene etwa nur 15-mal. Eine Analyse hunderter Studien fasst am Ende jedoch zusammen, dass es zwischen Männern und Frauen durchaus gewisse Unterschiede gibt. Letztendlich lachen Frauen häufiger, nämlich bis zu 7 Mal mehr.

Klar ist aber: Lachen ist gesund und schüttet positive Gefühle aus.

2023 fand eine Studie von Kommunikationspsychologen der Universitäten Würzburg und Kaiserslautern-Landau heraus, dass Frauen und Männer unterschiedliche Dinge witzig finden. Über Flachwitze, die auch noch Klischees aufgreifen - etwa Blondinen-Witze -, darüber lachen Frauen eher selten. Besonders, wenn er von Männern erzählt wird. Sollte ein Witz das eigene Geschlecht auf den Arm nehmen, so finden das Männer hingegen schon witziger. Und dabei ist es völlig egal, ob von Mann oder Frau vorgetragen.

Die Penan-Nomaden, die auf der Insel Borneo (südwestlich der Philippinen) beheimatet sind, glauben, dass Frauen erst mit ihrem Hochzeitstag eine Seele erhalten.

Anne Bradstreet wurde als erste anerkannte Dichterin in den britischen Kolonien Amerikas gefeiert. Nach ihrem Tod sammelte ihr Mann ihre Gedichte und veröffentlichte sie, womit sie zur ersten Amerikanerin wurde, die ein Buch herausbrachte.

Laut einer Studie sind Frauen einem erhöhten Risiko für altersbedingte kognitive Beeinträchtigungen ausgesetzt, wenn sie im Laufe ihres Lebens auf Unterstützung bei alltäglichen Aufgaben angewiesen waren und kein robustes soziales Netzwerk aufgebaut haben.

## Flirtversuche

Studien zeigen, dass Frauen in 90 % der Fälle die Initiative zum Flirten ergreifen. Obwohl Männer scheinbar die meisten Anmachversuche unternehmen, tun sie dies, weil sie glauben, Frauen würden ihre Annäherungsversuche durch Flirten erwidern.

Flirten scheint über Kulturen hinweg ähnliche Zeichen aufzuweisen: Frauen weltweit neigen dazu, durch Lächeln, Anheben der Augenbrauen und Ausweichen des Blicks zu flirten, während sich andere Details bei der Körpersprache natürlich von Kultur zu Kultur unterscheiden.

## Am allerschönsten

Gemäß einer Untersuchung erreicht das Gesicht einer Frau einmal im Monat seinen Höhepunkt an Schönheit und Verführung, nämlich genau zu der Zeit, wenn sie sich auf dem Höhepunkt ihrer Fruchtbarkeit befindet.

Forscherin Judy Dutton behauptet, dass Frauen, die die meiste Aufmerksamkeit von Männern erhalten, etwa 35 flirtende Signale pro Stunde aussenden.

In einigen US-Staaten ist es „strafbar" zu flirten. Ein überholtes Gesetz in New York City sieht vor, dass ein Mann mit einer Geldstrafe von 25 Dollar belegt werden kann, wenn er einer Frau einen anzüglichen Blick zuwirft.

Ergebnisse von Studien zum Online-Dating zeigen, dass Frauen besonders auf die Körpergröße potenzieller Partner achten, während Männer sich eher mit dem Gewicht möglicher Dates befassen.

## Frauen arbeiten mehr als Männer

Berücksichtig man nicht nur die bezahlte, sondern ebenso unbezahlte Arbeit, so arbeiten Frauen mehr als Männer. Gemeint sind damit auch Dinge wie der Haushalt und die Kinderbetreuung. Durchschnittlich 30 Minuten täglich bzw. 39 Tage pro Jahr arbeiten Frauen mehr.

## Ammen mussten Babys von Oberschicht stillen

Trotz der reichhaltigen und abwechslungsreichen Ernährung der Oberschicht im 17. und 18. Jahrhundert, ließen die Damen ihre Babys oft von Ammen stillen. In einigen Ländern, insbesondere in Europa und den USA, untersagten Männer ihren Frauen das Stillen sogar, besonders wenn diese ein Mädchen geboren hatten.

Unterdessen sahen sich ärmere Frauen gezwungen, eben aus dem Grund schwanger zu werden, um als Still-Amme für die Oberschicht zu arbeiten. Ihre eigenen Babys gaben sie in eine Art Pflegeeinrichtung, in der die Kinder aber nicht immer ausreichend versorgt wurden.

## Der Blick einer anderen Frau

Frauen neigen dazu, einen Mann als attraktiver einzuschätzen, wenn sie sehen, dass eine andere Frau ihn ansieht und lächelt. Bei Männern hingegen führt dieselbe Situation dazu, dass sie den Mann als weniger attraktiv betrachten.

Sirimavo Bandaranaike aus Sri Lanka war die erste Frau der Neuzeit, die als gewählte Regierungschefin ein Land führte. Sie wurde 1960 zur Premierministerin gewählt und erhielt 1970 eine erneute Wahl.

Untersuchungen legen nahe, dass Frauen symmetrische Männer, insbesondere während ihrer Menstruation, als angenehmer empfinden. Das Empfinden ist den Forschern zufolge jedoch unbewusst.

Das Gesetz des im 6. Jahrhundert ausgestorbenen Burgunden-Volkes schrieb vor, dass eine Frau, die sich von ihrem Mann scheiden lassen wollte, im Sumpf ertränkt werden sollte.

## Die Hausfrau und das Flittchen

Das Wort Hausfrau stammt aus dem 13. Jahrhundert und bedeutete damals so etwas wie: eine Frau, die in der Regel verheiratet ist und sich um die Familie und den Haushalt kümmert. Und was hat das Wort Flittchen damit zu tun? Was heutzutage eher ein Schimpfwort darstellt, ging aus dem Wort Hausfrau hervor. Das bedeutete damals „Herrin des Haushaltes".

## Der Hausfrauenverband

In Norwegen änderte der Hausfrauenverband seinen Namen in „Frauen- und Familienverband", als die Mitgliederzahl von 60.000 auf 5.000 sank. Die Entscheidung basierte auf der Ansicht, dass die Bezeichnung „Hausfrau" als peinlich empfunden wurde und an harte Arbeit erinnerte.

## Der Metall-Bikini in Star Wars

Es existieren zwei Varianten des berühmten Metallbikinis, den Prinzessin Leia in Star Wars, Episode VI: Die Rückkehr der Jedi (1983) trug. Eine Ausführung besteht aus hartem Metall und wurde von der Schauspielerin Carrie Fisher während der Zeitlupenszenen getragen, während die andere Variante aus einem bequemeren Gummimaterial besteht, das sie bei ihren Stunts trug. Es existiert sogar eine eigene Website, die nur dem Bikini von Prinzessin Leia gewidmet ist.

Erfinderinnen: im Jahr 1882 erfand Maria Beasly das Rettungsfloß, während Josephine Garis Cochran bereits 1884 den ersten handbetriebenen Geschirrspüler vorstellte. 1913 erfand Florence Parpart den ersten elektrischen Kühlschrank.

Frauen müssen sich zusammengerechnet über 4 Jahre lang mit ihrer Menstruation auseinandersetzen.

Im alten Griechenland, Japan und Ägypten nutzten Frau während ihrer Tage aufgeweichten Papyrus, um Holz gewickelte Flusen und Papier, um ihre Blutungen zu absorbieren.

40 Prozent der Frauen würden ihre neugewonnene Liebe verlassen, wenn ihre Freunde etwas gegen diese Person hätten.

## Die Stummfilm-Interpretation

In einer Studie zur Entschlüsselung eines Stummfilms konnten 87 % der Frauen erfolgreich erraten, was geschah, während Männer nur in 42 % der Fälle korrekt rieten. Homosexuelle Männer sowie Männer in hochemotionalen Berufen wie Pfleger, Lehrer und Schauspieler schnitten dabei fast genauso gut ab wie Frauen.

## Ist er als Versorger geeignet?

In romantisch veranlagten Männern ist eine gesteigerte Aktivität im visuellen Teil des Gehirns zu beobachten, während bei verliebten Frauen vermehrt Aktivität im Gedächtnisbereich festgestellt wird. Forscher vermuten, dass Männer visuell prüfen, ob eine Frau die Fähigkeit zur Geburt von Kindern besitzt, während Frauen sich an Verhaltensaspekte des Mannes erinnern müssen, um seine Eignung als Versorger zu beurteilen.

## Der Östrogen-Zauber

Östrogen beeinflusst das Wachstum der Knochen im unteren Gesichtsbereich bei Frauen, insbesondere am Kinn und an den Brauen. Dies führt dazu, dass diese Gesichtsmerkmale relativ kleiner und kürzer werden, während die Augen stärker hervortreten. Frauen mit solchen Merkmalen gelten in der Regel als attraktiver, da sie auf reproduktive Gesundheit hinweisen.

Die Republik Niger hat die weltweit höchste Kinderrate pro Frau. Dort sind 7 Kinder in der Familie keine Seltenheit.

22 Prozent der Frauen passen ihre Unterwäsche ihrer Stimmung an.

Der erste Computer-Programmierer war kein Mann. Es war die Mathematikerin Ada Lovelace, die auf dem Gebiet als Pionierin gilt und quasi einen Algorithmus in grafischer Darstellung im Rahmen der Berechnung von Bernoulli-Zahlen entwarf.

Frauen haben nicht nur mehr Alpträume als Männer, sondern auch emotionalere Träume.

## Frauenfußball ist Männersache

Auch Frauenfußball wird überwiegend von Männern geschaut, wie etwa die Arbeitsgemeinschaft Videoforschung (AGF) im Rahmen der EM 2022 auswertete. Das damalige Halbfinale wurde von 56,5 Prozent Männern geschaut, während 43,5 Prozent weibliche Zuschauer der 12 Millionen Fußballbegeisterten darstellten.

Und so ähnlich zeigt es sich auch bei anderen Spielen von Fußballerinnen. Immer wieder dominieren Männer die Stadien und Fernsehgeräte. Dennoch ist die Spanne zwischen beiden Geschlechtern nicht allzu weit auseinander - Frauen machen einen Marktanteil von etwa 40 Prozent aus.

DIE WEIBLICHE SEXUALITÄT

## Nur 4 Sekunden

Frauen können einen Orgasmus zwischen 20 bis 60 Sekunden lang erleben. Bei einem Mann sind es durchschnittlich nur etwa 4 Sekunden.

## Schokolade oder Sex?

Wenn Frauen die Wahl zwischen Sex oder Schokolade haben, so entscheidet sich die Mehrheit wahrscheinlich für die süße Nascherei. Stolze 70 Prozent würden lieber zur Schokolade greifen.

## Ältere Frauen haben mehr Sex-Fantasien

Wenn man denn bei den 30- bis 40-jährigen Frauen überhaupt von „älteren Damen" reden kann. Diese jedenfalls haben laut Forschungen mehr sexuelle Fantasien und auch mehr One-Night-Stands als jene Frauen in jüngeren Jahren. Und sie sind ebenso sexuell aktiver, zumindest im Durchschnitt gesehen.

## Kein Kuss während des Orgasmus

In einem mittelalterlichen Manuskript wird japanischen Männern geraten, während des weiblichen Orgasmus auf tiefe Küsse zu verzichten, um zu verhindern, dass die Frau versehentlich einen Teil der Zunge ihres Partners abbeißt.

Laut einer Umfrage gaben 13 Prozent der Frauen an (die genaue Anzahl ist unklar), dass sie auf Arbeit schon einmal Pornos geschaut haben.

Das Kinsey-Institut gab eine Studie heraus, wonach Frauen bei Pornos vorwiegend auf die Geschlechtsteile schauen, wenn sie die Antibabypille nehmen.

Männer machen zwar den Großteil der Pornokonsumenten aus – ein Drittel an Frauen sind aber auch nicht zu verachten. Dabei zahlen 2 Prozent der Frauen für Abonnements von Pornoseiten.

## Alles String, oder was?

Trendanalysten gaben an, dass Frauen, die sich für Strings entscheiden, in der Regel offener und selbstbewusster in Bezug auf die Präsentation ihres Körpers sind. In sexueller Hinsicht sind sie eher bereit, verschiedene und kreative Positionen auszuprobieren.

## Oder doch lieber Baumwollslips?

Weiße Baumwollslips zu tragen, deutet laut Sexualforschern darauf hin, dass eine Frau unkompliziert und schlicht ist. Ähnlich wie der Effekt, den ein Mann empfindet, wenn er eine Frau ohne Make-up sieht.

## Der älteste Schwangerschaftstest

Der Berliner Papyrus, der etwa aus dem Jahr 1800 v. Chr. stammt, enthält eine Anleitung für den ältesten bekannten Schwangerschaftstest. Dafür wurde Getreide mit Urin benetzt. Wenn Gerste wuchs, deutete dies darauf hin, dass die Frau mit einem männlichen Kind schwanger war; bei Weizenwachstum war die Schwangerschaft mit einem Mädchen verbunden.

Wenn keines von beiden wuchs, wurde angenommen, dass die Frau nicht schwanger war. Die Idee war, dass bestimmte Hormone, die im Urin einer schwangeren Frau vorhanden sind, das Wachstum von Getreide beeinflussen könnten.

Während bei Frauen das gesteigerte Verlangen nach Geschlechtsverkehr Nymphomanie heißt, nennt sich das bei Männern Satyromanie.

Das Wort Vagina wurde im Film das erste Mal in der Disney-Produktion The Story of Menstruation aus dem Jahr 1946 verwendet.

Der PH-Wert der Vagina liegt durchschnittlich bei 4,5 PH, was dem der Tomate entspricht.

Frauen ist es möglich, nur durch das Küssen zu einem Orgasmus zu gelangen.

## Mittelalterliches Erbe

In der Epoche des Mittelalters war die Geburt eines Kindes mit solch erheblichen Risiken verbunden, dass Frauen bereits nach der Feststellung ihrer Schwangerschaft begannen, ihr Testament zu verfassen.

## Schwangerschaftsverweigerung

Obwohl es selten vorkommt, erleben einige Frauen „Schwangerschaftsverleugnung". Trotz vorhandener Schwangerschaftssymptome, oder sogar während der Entbindung, leugnen sie einfach die Tatsache, schwanger zu sein. Diese Frauen deuten die Symptome oft als Krebs, Blutgerinnsel oder Organschäden. Das birgt ein hohes Risiko für Kindstötung.

## Scheinschwangerschaft

Frauen können unter sogenannter Scheinschwangerschaft leiden. Diese tritt auf, wenn eine Frau fest davon überzeugt ist, schwanger zu sein und möglicherweise sogar Schwangerschaftssymptome zeigt, obwohl keine tatsächliche Schwangerschaft vorliegt.

Diese seltene psychosomatische Störung kann dazu führen, dass der Körper auf die Überzeugung der Frau reagiert und Symptome wie vergrößerten Bauchumfang oder Milchproduktion entwickelt. In extremen Fällen können Betroffene sogar eine sogenannte Pseudogeburt erleben, bei der sie Wehen und Kontraktionen verspüren

Frauen mit einem erhöhten Testosteronspiegel geben an, ein stärkeres Verlangen nach Masturbation zu haben, zeigen jedoch gleichzeitig weniger Interesse an sexuellen Aktivitäten mit einem Partner.

Im Jahr 2008 reichte eine Frau die Scheidung von ihrem Ehemann ein, nachdem seine Penisprothese während des Geschlechtsverkehrs abgebrochen war.

30 % der Frauen haben Schwierigkeiten, einen Orgasmus zu erreichen, wobei bis zu 80 % Probleme haben, durch vaginalen Geschlechtsverkehr zum Höhepunkt zu gelangen.

Nach einem Orgasmus produziert der weibliche Körper die vierfache Menge an Oxytocin, einem Hormon, das die Bindung fördert.

## Abnehmen mit dem vorgetäuschten Orgasmus?

Dass während dem Sex zahlreich Kalorien verbrannt werden, ist nicht neu. Doch wenn man noch ein bisschen mehr davon verbrennen möchte, so lohnt sich laut Studien das Vortäuschen eines Orgasmus. Mit diesem verliert man angeblich tatsächlich mehr Kalorien als mit einem echten Höhepunkt.

## Wenn das Telefon klingelt

In einer Umfrage kam heraus, dass wenn während dem Sex das Telefon klingelt, 10 Prozent der Männer und sogar 17 Prozent der Frauen den Anruf annehmen würden.

## Rekordverdächtig

Der Rekord für die meisten Orgasmen in einer Stunde liegt bei Männern bei stolzen 16 Stück. Frauen bleiben jedoch unerreicht mit 134 Orgasmen.

## Klitoris wächst bis ins hohe Alter

Die Klitoris einer Frau wächst im Laufe ihres Lebens, weshalb Frauen in ihren späteren Jahren intensivere Orgasmen erleben können.

## Das IKEA-Bett

IKEA-Betten sind weit verbreitet. Kein Wunder also, dass jedes zehnte in Europa geborene Baby in einem Bett der Schweden gezeugt wurde.

Anorgasmie bezieht sich auf das Fehlen von Orgasmen. Dieser Zustand, bei dem eine Person Schwierigkeiten hat einen Orgasmus zu erleben, kann sowohl Männer als auch Frauen betreffen.

Ungefähr 75 % der Frauen benötigen eine gezielte Stimulation der Klitoris und erreichen durch Geschlechtsverkehr allein nicht den Orgasmus.

Einige Frauen und Männer mit Rückenmarksverletzungen, bei denen keine Nervenverbindungen zwischen den äußeren Genitalien und dem Gehirn bestehen, hatten während des Schlafs schon einmal Orgasmen erfahren.

Wissenschaftler können nur anhand der Gehweise einer Frau Rückschlüsse auf ihre Erfahrungen mit vaginalen Orgasmen ziehen.

## Wie der Vibrator erfunden wurde

Im frühen 20. Jahrhundert behandelten amerikanische Ärzte Hysterie bei Frauen, indem sie manuell eine Stimulation der Genitalien vornahmen, um „hysterische Paroxysmen" auszulösen. Diese Praxis führte letztendlich zur Entwicklung der ersten Vibratoren, die anfangs dampfbetrieben waren. Übrigens existiert darüber auch ein sehenswerter Film mit dem Titel „In guten Händen" mit Maggie Gyllenhaal in der Hauptrolle.

Berichten zufolge stellte im Jahr 2006 eine Frau in London mit 49 Orgasmen den Rekord für die meisten weiblichen Orgasmen in einer einzigen Masturbationssitzung auf.

Wissenschaftler haben ein Neuro-stimulationsgerät für Frauen entwickelt, das die Möglichkeit bietet, Orgasmen per Fernsteuerung zu erzeugen.

Untersuchungen zeigen, dass 67% der Frauen einen Orgasmus vortäuschen.

Frauen können während der Geburt manchmal Orgasmen erleben, die als „Geburtsorgasmen" bezeichnet werden.

## Die weibliche Ejakulation

Die weibliche Ejakulation unterscheidet sich deutlich von Urin, auch wenn es vorkommen kann, dass Frauen während eines Orgasmus Urin ausscheiden. Die Konsistenz ähnelt verdünnter, fettfreier Milch und weist einen süßen Geschmack auf. Trotz des scheinbar größeren Volumens während eines Orgasmus beträgt die Gesamtmenge der freigesetzten Flüssigkeit in der Regel nicht mehr als 1 Teelöffel (4 ml).

## Weltrekord-Masturbation

Die längste dokumentierte Zeit, die eine Frau für die Masturbation bis zum Orgasmus benötigte, beträgt 6 Stunden und 30 Minuten. Bei Männern liegt der Weltrekord für die längste Zeit bis zum Orgasmus zu masturbieren bei 8 Stunden und 30 Minuten.

## Orgasmus begünstigt Schwangerschaft

Forschungsergebnisse deuten darauf hin, dass die Wahrscheinlichkeit einer Schwangerschaft bei Frauen steigt, wenn sie einen Orgasmus erleben. Dies liegt daran, dass der Orgasmus durch wellenförmige Kontraktionen der Gebärmutter den Sog verstärkt, der dazu führt, dass das ejakulierte Sperma, das sich in der Nähe des Gebärmutterhalses befindet, angezogen wird.

Ein sehr trauriger Fakt: weltweit gesehen erleben 1 von 3 Frauen in ihrem Leben körperliche oder sexualisierte Gewalt.

In der 20. Schwangerschaftswoche steigt das Blutvolumen einer Frau um 50 % im Vergleich zum Zeitpunkt vor der Empfängnis. Um dieser Zunahme des Blutvolumens gerecht zu werden, vergrößert sich ihr Herz.

Laut einer Studie der University of Washington gaben 46 % der betroffenen Frauen und 62 % der Männer an, bei Untreue jemanden aus ihrem beruflichen Umfeld involviert zu haben.

## Selbstbefriedigung macht Frauen böse?

Dr. Benjamin Rush, einer der Unterzeichner der Unabhängigkeitserklärung, vertrat die Auffassung, dass Selbstbefriedigung die Ursache für verschiedene gesundheitliche Probleme wie schlechtes Sehvermögen, Epilepsie, Gedächtnisschwäche und Tuberkulose sei. Insbesondere glaubte er, dass Frauen durch Masturbation geistig schwächer würden und anfälliger für das Böse wären.

## Das Sex-Handbuch

Astyanassa, die Dienerin von Helena von Troja, verfasste ein frühes sexuelles Handbuch mit dem Titel „On the Positions for Sexual Intercourse" (Über die Positionen für den Geschlechtsverkehr). Ihr Werk hatte Einfluss auf zwei weitere griechische Erotikautorinnen, nämlich Philaenis und Elephantis.

## Warme Füße für einen Orgasmus

Frauen, die Schwierigkeiten haben einen Orgasmus zu erreichen, könnten möglicherweise von warmen Füßen profitieren. Forschungsergebnisse zeigen, dass Frauen, die warme Socken trugen, eine erhöhte Chance auf das Erleben eines Orgasmus hatten.

## Das Schwangerschafts-Watscheln

In der Schwangerschaft setzt der weibliche Körper das Hormon Relaxin frei, um Gelenke und Bänder zur Vorbereitung auf die Geburt zu lockern. Das gesteigerte Gewicht in Verbindung mit flexibleren Gelenken kann zu dem als „Schwangerschafts-Watscheln" bekannten Gang führen.

Rund 3 % aller schwangeren Frauen erleben eine Zwillingsgeburt, wobei diese Rate seit den frühen 1980er Jahren um beinahe 60 % gestiegen ist. Interessanterweise liegt die Zwillingsgeburtenrate bei Frauen über 45 Jahren bei 17 %.

Das Volumen eines Uterus (Gebärmutter + Inhalt) steigert sich im Durchschnitt während einer Schwangerschaft um das 150-fache des Ausgangsvolumens und bleibt nach der Geburt immer noch etwa 40-50-mal größer als vor der Schwangerschaft.

Die Kraft innerhalb der Gebärmutter einer Frau während einer Kontraktion beträgt 180 Kilogramm Druck pro Quadratmeter.

## Der Orgasmus während der Menstruation

Der Menstruationszyklus der Frau beeinflusst den Orgasmus. Forscher von der Yale University berichten, dass Orgasmen bei Frauen, die nicht menstruieren, während des Geschlechtsverkehrs wellenförmige Kontraktionen der Gebärmutter auslösen, die dazu neigen, Sperma in die Gebärmutter zu ziehen.

Im Gegensatz dazu führen Orgasmen während der Menstruation zu Gebärmutterkontraktionen, die sich in die entgegengesetzte Richtung bewegen, wodurch Abfallstoffe aus der Gebärmutter herausgedrückt werden, anstatt sie nach innen zu ziehen.

## Der G-Punkt

Die Existenz des G-Punkts ist unter Wissenschaftlern umstritten, da einige davon ausgehen, dass nicht jede Frau einen G-Punkt hat. In der Annahme, dass er existiert, befindet sich der G-Punkt in der Regel 1-2 Zentimeter weiter oben an der Innenwand der Vagina. Er variiert in der Größe und kann normalerweise erbsengroß, aber auch walnussgroß sein.

## Kleine Denkpausen im Babyglück

Im Verlauf des zweiten und dritten Trimesters erzielen schwangere Frauen bei Tests zum räumlichen Gedächtnis im Vergleich zu nicht schwangeren Frauen schlechtere Ergebnisse. Als mögliche Ursache werden von Forschern hormonelle Veränderungen genannt.

Frühere Forschungsarbeiten haben darauf hingedeutet, dass schwangere Frauen, die Schnarchen, ein erhöhtes Risiko für einen Kaiserschnitt und die Geburt von kleineren Babys haben könnten.

Es wird angenommen, dass zwischen 6 und 10 Prozent aller inhaftierten Frauen schwanger sind.

40 Prozent der Männer lassen ihre Augen bei einem Kuss auf, während das nur 5 Prozent der Frauen tun.

Senologi ist die Lehre von der weiblichen Brust, abgeleitet von seno, was auf Italienisch und Spanisch „Busen" bedeutet.

## Die Antibabypille

Die Wirkung der Antibabypille erstreckt sich nicht nur auf den Hormonspiegel von Frauen, sondern beeinflusst auch ihre Präferenzen bei der Partnerwahl. Frauen, die die Antibabypille einnehmen, zeigen eine stärkere Neigung, sich zu Männern mit ausgeprägten maskulinen Merkmalen hingezogen zu fühlen - im Vergleich zu Frauen, die die Pille nicht nehmen.

Maskuline Züge werden häufig mit einem höheren Testosteronspiegel, aggressivem Verhalten und sogar überdurchschnittlich hohen Scheidungsraten in Verbindung gebracht.

## Das vergängliche Organ

Während der Schwangerschaft bildet sich bei einer Frau ein vollständig neues Organ, die Plazenta. Diese erfüllt nicht nur eine Schutzfunktion, sondern agiert auch als endokrines Organ, indem sie Hormone wie hCG, Östrogen und Progesteron freisetzt. Die Plazenta ist das einzige vergängliche Organ im menschlichen Körper.

## Mehr Vorspiel bitte

Gemäß einer Umfrage sehnen sich Frauen nach einem Vorspiel von durchschnittlich 19 Minuten. Obwohl Männer tatsächlich nur etwa 11 Minuten dem Vorspiel widmen, schätzen sie es auf ungefähr 13 Minuten.

# MODEERSCHEINUNGEN

## Taubenkot und Pferde-Urin

Im antiken Rom versuchten Frauen ihre Haare blond zu färben, indem sie Taubenkot verwendeten. In Venedig, während der Renaissance, setzte man hingegen auf Pferde-Urin zu diesem Zweck.

## Ochsen- und Mäusehaare

Griechische Frauen verwendeten 3000 v. Chr. Ochsenhaar als falsche Augenbrauen. Im 18. Jahrhundert rasierten Frauen ihre Augenbrauen ab und verwendeten stattdessen graue Mäusehaare.

## Frauen wühlen 76 Tage in ihren Handtaschen

Während Männer ihre Schlüssel, Geldbörsen und Co. häufig in ihrer Hosentasche versenken, sind Handtaschen für Frauen ein unverzichtbares Utensil. Einer Studie zufolge sind sie in ihrem Leben damit beschäftigt, insgesamt 76 Tage in ihrer Handtasche nach irgendwelchen Dingen zu wühlen.

Ganz oben auf der Liste stehen immer wieder die Schlüssel - sei es Wohnungs- oder Autoschlüssel -, die auf magische Weise in der Handtasche verschwinden.

Die Frauen im alten Ägypten trugen Perücken, die mit einer fettigen Substanz und dem wohlriechenden Duft von Myrrhe behandelt waren. Durch die Wärme des Kopfes schmolz die Substanz allmählich und verbreitete den angenehmen Duft.

Die Azteken nutzten getrocknete Käfer, die als Cochenille bekannt sind, um einen roten Farbstoff herzustellen, den sie für das Färben ihrer Lippen und Augen verwendeten.

Einige Frauen verkürzen ihre Zehen und betäuben die Nerven in einer speziellen Operation, um hohe Absätze ohne Schmerzen tragen zu können.

Zwei begeisterte Läuferinnen entwarfen im Jahr 1977 den ersten Sport-BH, indem sie zwei männliche Jockstraps zusammennähten.

## Frauen verbringen 287 Tage mit der Kleidungsauswahl

Das ist eine ganze Menge: Frauen verbringen insgesamt 287 Tage ihres Lebens mit der Wahl der richtigen Kleidung. Durchschnittlich etwa 16 Minuten werden damit an Arbeitstagen verbracht, während es an Wochenendtagen noch 14 Minuten sind. Sollte Frau ein geeignetes Kleidungsstück für einen Ausgehabend suchen, kommen nochmals 20 Minuten hinzu.

Im Verlauf ihres Lebens wechselt die durchschnittliche Frau etwa sechsmal ihre BH-Größe.

Die durchschnittliche Frau besitzt etwa 21 Paar Unterwäsche. Ungefähr 10 % der Frauen haben mehr als 35 Paar.

Ist dir schon einmal aufgefallen, dass sich die Knöpfe an Männer-Shirts auf der rechten Seite und bei Frauen auf der linken Seite befinden? So verhält es sich auch beim Großteil der Jacken.

Die Unterwäscheindustrie weltweit wird auf einen Wert von mehr als 30 Milliarden US-Dollar geschätzt. Mehr als die Hälfte dieses Marktes entfällt auf BHs, etwa 33 % auf Slips und über 10 % auf Miederwaren.

## Handtaschen wurden von Männern erfunden

Handtaschen wurden einst im 16. Jahrhundert zum wichtigsten Accessoire. Aber nicht nur für Frauen, sondern vor allem für Männer. In den Lederbeuteln bewahrte man seine Münzen und andere wichtige persönliche Gegenstände auf.

Gleichzeitig konnte man bereits anhand der Art und Beschaffenheit des Beutels bzw. der Tasche erkennen, von welcher Abstammung der Besitzer war. War er adelig, hatte viel Geld oder lebte in der Armut?

Im Laufe der Zeit entwickelten sich Handtaschen immer weiter, wurden sie etwa im 17. Jahrhundert mehr zur Brieftasche für die Aufbewahrung von Dokumenten und Briefen.

Erst im Laufe des 19. Jahrhunderts wurden Handtaschen überwiegend von Frauen getragen, woraufhin sie noch größer und praktischer wurden.

Im alten Griechenland färbten Frauen ihre Haare mit Pflanzenextrakten oder Arsen. Gerade Letzteres ist ziemlich giftig und kann dem Körper schaden.

In Italien begehen Frauen das Neujahrsfest mit dem Tragen von roter Unterwäsche, um Glück und Liebe im kommenden Jahr zu symbolisieren. Es wird als Glaube an ein vielversprechendes und leidenschaftliches Jahr betrachtet.

Mehr als die Hälfte der Männer kaufen die Hose, die sie in die Umkleidekabine mitgenommen haben, nämlich 65 Prozent. Frauen sind dagegen wählerischer – nur 25 Prozent nehmen die Hose mit.

## Wer trug die erste Handtasche?

Zumindest wenn es nach der Bibel geht, kommt da nur eine Person in Frage. Nämlich Judas Iskariot, also einer der zwölf Jünger des Jesus von Nazareth, soll als erster Mensch in der Geschichte eine Handtasche getragen haben.

## Wie viele Schuhe besitzen Frauen?

Wir alle kennen das Klischee: Frauen besitzen hunderte Schuhe. Doch zu dem Thema existieren zahlreiche Studien, die mit dem Vorurteil aufräumen. Fasst man diese zusammen, so besitzen Frauen im Durchschnitt etwa 19 bis 21 Paar Schuhe gleichzeitig.

Getragen werden allerdings nicht alle. Denn darunter befinden sich etwa 4 Paar Schuhe, die niemals getragen sowie 5 Paar, die nur einmal getragen wurden. Am Ende trägt Frau jene gerne, die einfach am bequemsten sind.

Die Bezeichnung „Pin-up-Girl" entstand aus Bildern von kurvigen Frauen, die während des Zweiten Weltkriegs in Massenproduktion gefertigt und an Wänden aufgehängt wurden.

Ein im britischen Parlament eingereichter Gesetzesentwurf aus dem Jahr 1770 sah vor, dass jede Make-up tragende Frau wegen Hexerei bestraft werden sollte.

High-Heels kamen irgendwann aus der Mode. Doch im 19. Jahrhundert beflügelte die Pornoindustrie wieder den Modetrend.

In der Renaissance erhielten Frauen den Rat, Stutenurin zu konsumieren und in Kuhmist zu baden, um die Wahrscheinlichkeit einer Schwangerschaft zu steigern.

## Spieglein, Spieglein an der Wand…

Eine britische Studie enthüllte, dass Frauen im Vergleich zu Männern weniger häufig einen Blick in den Spiegel werfen. Statistisch betrachtet schauen Frauen „nur" etwa 16-mal am Tag in den Spiegel, während Männer bis zu 23-mal täglich ihr Spiegelbild überprüfen.

## Der Gladiatoren-Schweiß

Im antiken Rom verwendeten Frauen für ihr Make-up eine Mischung aus verschiedenen Zutaten, darunter Blei, Olivenöl, Safran und sogar den Schweiß der Gladiatoren.

## Fledermausblut für den Teint

Um attraktiver zu erscheinen, griffen wohlhabende Adlige im Mittelalter dazu, Arsen zu konsumieren oder sich mit Fledermausblut zu betupfen, um ihren Teint zu verbessern. Sogar im 18. Jahrhundert praktizierten amerikanische Frauen die Anwendung von warmen Urin eines kleinen Jungen, um ihre Sommersprossen zu beseitigen.

## Erweiterte Pupillen für die Schönheit

Um als schöner und sexuell erregter wahrgenommen zu werden, griffen römische Frauen auf Belladonna-Tropfen zurück, um ihre Pupillen zu erweitern. Bedauerlicherweise waren diese Tropfen giftig und führten zu Nebenwirkungen wie Sehstörungen, erhöhter Herzfrequenz, Konzentrationsschwäche und bei längerem Gebrauch sogar zum Tod.

## Ton-Verzehr für den porzellanfarbenen Teint

Im Spanien des 18. Jahrhunderts verzehrten junge Frauen Ton, um einen porzellanfarbenen Teint zu bewahren, obwohl dies potenziell zur hypochromen Anämie (Chlorose) führen konnte. Dabei handelt es sich um Eisenmangel, der einen grünstichigen Hautton hervorrufen kann. Achtung: natürlich nicht nachmachen.

## Oder doch lieber ausbluten lassen?

Und auch schon im 15. Jahrhundert galt ein blasser Teint bei Frauen als äußerst begehrt. Um dieses Aussehen zu erzielen, griffen manche Frauen zu drastischen Maßnahmen wie dem Einsatz von Blutegeln oder dem Aufschlitzen von Venen, bekannt als „Schröpfen", um sich selbst ausbluten zu lassen.

## Blei war auch angesagt...

Um das Jahr 1400 trugen Frauen Ceruse auf Gesicht und Busen auf, um eine blassere Haut zu erzielen. Leider enthielt Ceruse nicht nur Essig, sondern auch pulverisiertes Blei, das die Haut rasch schädigte und zu Bleivergiftungen, Haarausfall, geistiger Beeinträchtigung und sogar zum Tod führte.

## Wimperntusche, Seife, Pigmente und Löschpapier

In den Anfängen des 20. Jahrhunderts tuschten Frauen ihre Wimpern, indem sie ein kleines Bürstchen in heißes Wasser tauchten, die Borsten an einer Mischung aus Seife und Pigmenten rieben, überschüssige Wimperntusche auf einem Löschpapier entfernten und schließlich die verbleibende Mischung auf ihre Wimpern auftrugen.

## 168 Chemikalien täglich

Täglich greift die durchschnittliche Frau auf ein Dutzend Körperpflegeprodukte zurück, die insgesamt 168 verschiedene chemische Inhaltsstoffe enthalten. Im Vergleich dazu verwenden Männer etwa sechs Produkte pro Tag, die insgesamt 85 Chemikalien enthalten.

## Make-up ist unmoralisch

Während des 19. Jahrhunderts verzichteten anständige Männer und Frauen auf das Tragen von Make-up und Parfüm, abgesehen von leichten Blumendüften und kaum wahrnehmbarer Hautcreme. Gefärbte Lippen, Wangen, Haare und geschminkte Gesichter wurden als Anzeichen von Unmoral betrachtet.

## Der erste „Lippenstift"

Vor rund 4.000 bis 5.000 Jahren wurde erstmals „Lippenstift" im antiken Mesopotamien verwendet. Zu dieser Zeit zermahlten Frauen kostbare Edelsteine zu einem feinen Pulver, um ihre Lippen zu schmücken.

In einer Schönheitsbehandlung in Thailand wird ein Gesichtsschlag als Methode gegen Falten eingesetzt.

Ein „Vajacial" ist eine spezielle 50-minütige „Gesichtsbehandlung" für die Vagina, die Reinigung, antibakterielle Waschung, eine Papaya-Enzym-Maske, die Entfernung von eingewachsenen Haaren und abschließendes Wachsen umfasst.

Im Elisabethanischen Zeitalter nutzte man Steinkohlenteer als Eyeliner, Augenbrauenstift und Wimperntusche. Bedauerlicherweise hatte dieser nicht nur einen unangenehmen Geruch und war leicht entflammbar, sondern führte auch zu Erblindung.

## Handtaschen werden immer schwerer

Hast du schon einmal deine Handtasche gewogen? Nein? Durchschnittlich gesehen wiegt eine Handtasche stolze 2,3 – 2,4 Kilogramm inklusive Inhalt. Und dabei werden Handtaschen immer schwerer, wenn es um den Inhalt geht. Um etwa 38 Prozent ist das Gewicht in den letzten Jahren gestiegen.

## Das Idealgewicht

Doch wie schwer sollte eine Handtasche sein, damit die Schulter nicht schmerzt? Am besten so gering wie möglich, was natürlich nicht immer so einfach ist. Doch es existiert eine Art Richtwert, wonach Handtaschen am besten nicht mehr als 5 Prozent des eigenen Körpergewichts auf die Waage bringen sollten.

## Wie viele Dinge trägt Frau mit sich?

2,3 Kilogramm Gewicht sind eine ganze Menge. So verwundert es nicht, dass die Frau im Durchschnitt rund 35 Objekte mit sich führt. Das sind neben Schlüssel, Handy, Lippenstift und Co. auch diverse Pflegeprodukte. Da kann schon mal einiges zusammenkommen.

Kein Wunder, dass Frauen also viel Zeit in ihrem Leben mit dem Wühlen in der Handtasche verbringen. Tragen Männer eine Handtasche, so befinden sich darin häufig weniger Objekte. Im Schnitt sind es etwa 4 Dinge. Lohnt sich da eigentlich eine Tasche noch?

Fischschuppen, bekannt als Guanin, werden oft Lippenstiften und Lidschatten zugesetzt, um ihnen einen schimmernden Effekt zu verleihen.

Frauen verbringen am Tag durchschnittlich etwa 50 Minuten damit, sich in irgendeiner Form aufzuhübschen. Sei es das Duschen, das Stylen der Haare oder eben all die Dinge, die da so am Tag anfallen.

Während des Zweiten Weltkriegs wurde Lippenstift als essenziell für weibliche Krankenschwestern in den Streitkräften betrachtet. Einerseits sollte er die Frauen daran erinnern, dass sie in erster Linie Frauen und erst dann Soldaten waren. Andererseits konnte Lippenstift auch eine beruhigende Wirkung auf die männlichen Soldaten haben.

## Italienerinnen besitzen die meisten Handtaschen

Wie viele Handtaschen eine Frau besitzt, hängt stark von deren Vorliebe ab. Während 95 Prozent der Frauen in Entwicklungsländern mindestens eine Handtasche haben, sind es im Durchschnitt eher mehr – zwischen 2 und 20 Stück. In Italien scheinen Handtaschen jedoch ziemlich beliebt zu sein – im Schnitt besitzt eine Italienerin zwischen 20 bis 60 Handtaschen.

## Die erste eigene Handtasche

Für viele Frauen ist die erste eigene Handtasche etwas Besonderes. Einer Studie zufolge erinnern sich 4 von 5 Frauen noch immer an ihre erste Handtasche, die häufig ein Geschenk der eigenen Mutter oder Großmutter war.

## Louis-Vuitton-Taschen werden nach der Saison verbrannt

Louis Vuitton ist für viele Handtaschen-Fans ein Statussymbol. Das weiß auch der Hersteller und verbrennt angeblich nach jeder Saison bzw. Ende des Jahres die unverkauften Handtaschen. Denn würde man sie in den Abverkauf stellen und reduziert verkaufen, würde das nicht mit zum Image passen. Gleichzeitig lässt man dadurch den Bestand schrumpfen, um sie noch begehrter zu machen. Aber offiziell ist das Ganze natürlich nicht.

## Die Angst vor Handtaschen

Ja, es gibt sie wirklich. Die Angst vor Handtaschen. Die nennt man Sakoulaphobia und hat ganz ähnliche Begleiterscheinungen wie andere Phobien auch. So können bei Betroffenen unter anderem Schweißausbrüche, Panik, Übelkeit, Kurzatmigkeit, Benommenheit und mehr auftreten.

## Der 75-cm-Schuhabsatz

Die venezianischen Adelsfrauen trugen Absätze, die eine Höhe zwischen 10 und 75 cm erreichen konnten. Diese Absätze, bekannt als Chopine, hatten zur Folge, dass die Frauen sich kaum eigenständig fortbewegen konnten.

## Der größte High-Heel ist fast 4 Meter

Der größte High-Heel-Schuh aller Zeiten misst beeindruckende 3,96 Meter in der Länge und ragt stolze 2,82 Meter in die Höhe. Dieser imposante Riesenschuh wurde am 20. April 2019 vom Dido Fashion Club kreiert und dient dazu, die Kunstfertigkeit von Schuhdesigns auf besonders eindrucksvolle Weise zu unterstreichen.

## Lippenstift nicht unter 44 Jahren

Im Jahr 1915 wurde in Kansas ein Gesetzentwurf vorgeschlagen, der das Tragen von Lippenstift durch Frauen unter 44 Jahren unter Strafe stellen wollte, da man befürchtete, dass dies zu einem irreführenden Eindruck führen könnte.

## Das Badekleid

Im 18. Jahrhundert trugen Frauen sogenannte „Badekleider", die sich an Promenaden- oder Ausgehkleidern orientierten. Diese Kleider aus Wolle oder Flanell hatten am Saum eingearbeitete Gewichte, um ein Aufschwimmen zu verhindern.

Eine Studie der britischen Firma „Diet Chef" befragte 2.000 Frauen im Alter von 18 bis 65 Jahren, ab welchem Alter die Damen auf längere Haare verzichten sollten. Die Altersgruppen waren so gut wie einer Meinung: ab 53 Jahren sollten sich Frauen von ihrer langen Mähne trennen.

Eine ähnliche Studie gab es auch zum Thema Jeans: Frauen sind demnach schon mit 50 Jahren zu alt für Jeans. Aber nicht etwa, weil sie optisch nicht mehr so gut aussehen würde.. Vielmehr sei beim Kauf frustrierend, überhaupt eine passende Hose zu finden.

bonbrix veranstaltete 2023 eine Studie, laut der Frauen im Alltag am liebsten die Farbe Schwarz tragen. Auf dem zweiten Platz landete Blau, danach folgten die Farben Weiß und Grau.

ENDE

# Das Symbol der Männlichkeit

Jeder kennt es und hat es schon einmal gesehen: das Symbol für das männliche Geschlecht, welches einen Kreis und einen Pfeil darstellt. Doch was bedeutet dies eigentlich?

Dabei handelt es sich um das sogenannte Marssymbol, das den griechischen Kriegsgott Mars repräsentiert und ein Schild sowie einen Pfeil zeigt. Das drückt also die Männlichkeit aus.
In der Astronomie hingegen gilt es als Symbol für den Planeten Mars.

# Der Durchschnittsmann

Sieht man sich einmal den durchschnittlichen Mann in Deutschland an, so wiegt dieser (Stand 2023) 88,7 Kilo und ist 1,80 Meter groß. Das entspricht einem BMI von 27,4, wobei man ab 25 schon als übergewichtig gilt.

Interessant an den Zahlen ist, dass diese im Laufe der Jahre immer etwas zunehmen. So wog der durchschnittliche Mann ein paar Jahre vorher noch ein Kilo weniger und war 2 Zentimeter kleiner.

Weltweit gesehen hat sich da jedoch nicht so viel geändert, nach wie vor kommt der Durchschnitt bei der Größe auf nur 1,70 Meter. Eine Frau ist global gesehen übrigens 1,60 Meter groß. Die Deutschen liegen also über dem Durchschnitt, sind damit aber noch immer nicht die größten Männer. Die kommen nämlich aus den Niederlanden und messen 1,84 Meter – ebenso wie die Frauen mit 1,70 Meter.

# Kuriose Fakten über Männer

## Die Frau in den Fluss geworfen

Hammurabis Gesetzbuch, vermutlich um 1790 v. Chr. verfasst, zählt zu den ältesten bekannten schriftlich festgehaltenen Gesetzessammlungen und beinhaltet einige der frühesten dokumentierten Ehegesetze.

Diese Gesetze definierten die Ehe als einen Vertrag mit dem paradoxen Ziel, Frauen sowohl zu schützen als auch zu beschränken. Laut dem Kodex konnte ein Mann sich von seiner Frau scheiden lassen, wenn sie keine Kinder zeugen konnte oder als "Schwätzerin" galt, die ihren Mann in der Öffentlichkeit demütigte und ihr Zuhause vernachlässigte. Zusätzlich konnte eine Frau bei Ehebruch in einen Fluss geworfen werden.

## 50 Tassen Schokolade

Überlieferungen zufolge soll der mexikanische Herrscher Montezuma Schokolade hochgeschätzt und auch regelmäßig konsumiert haben. Es wird behauptet, dass er vor Treffen mit seinem aus 600 Frauen umfassenden Harem täglich etwa 50 Tassen Schokolade trank und diese als eine Art Liebeselixier betrachtete.

## Deutsche riechen unangenehm

Laut einer Untersuchung gelten Spanien, Brasilien und Italien als Herkunftsländer der besten Liebhaber. Die schlechtesten Bewertungen erhielten die Deutschen, von denen Frauen angaben, sie würden unangenehm riechen. Die Engländer wurden als "zu nachlässig" bezeichnet, Schweden als "zu schnell fertig", und die Amerikaner befanden sich im Mittelfeld.

## Das „Dad Joke"-Syndrom

Studien legen nahe, dass Männer im Schnitt während ihres Lebens mehr schlechte Witze erzählen als Frauen – das „Dad Joke"-Syndrom. Es bezieht sich zudem auf das stereotype Verhalten von Vätern, die oft als humorvoll gemeinte, aber klischeehafte Witze machen.

## Schneller beim Bettwäsche-Kauf

Männer geben im Durchschnitt mehr Geld für Technik aus, aber wenn es um den Kauf von Kissen oder Bettwäsche geht, lassen sie sich weniger Zeit als Frauen.

## Ich finde den Weg schon selbst

Statistiken enthüllen: Männer lehnen oft Wegbeschreibungen ab, wenn sie sich verirren. Statt nach Hilfe zu fragen, setzen sie hartnäckig ihren Weg fort, in der Hoffnung, die Richtung eigenständig zu finden.

## Wo ist denn nur meine Socke hin?

Es scheint, dass Männer eher geneigt sind, ihre Socken zu verlieren, als Frauen. Vielleicht befindet sich in einer geheimen Dimension eine Sammlung einzelner Sockenpaare...

## Es ist doch nur ein Handtuch

Forschungen zeigen, dass Männer eher dazu neigen, das Handtuch nach dem Duschen einfach irgendwohin zu werfen, anstatt es ordentlich aufzuhängen.

Bevor der Vatertag eingeführt wurde, gab es zuerst den Muttertag. Da sich so manch Mann auch einen eigenen Feiertag wünschte, wurde daraufhin der Tag zur Ehrung aller Väter festgelegt.

Ist Mann zu Fuß mit seiner Partnerin unterwegs, wird dessen Laufschritt langsamer. Achtet mal darauf.

Bei Männern liegt die Wahrscheinlichkeit um 35 Prozent höher an Prostatakrebs zu erkranken, als Frauen an Brustkrebs.

Nicht alle im Mittelalter verbrannten Hexen waren weiblich, jede vierte war ein Hexer.

## Nichts

Männer haben die Fähigkeit, stundenlang auf den Fernseher oder den Bildschirm zu starren, während gleichzeitig das sagenumwobene „Nichts" als Antwort auf die Frage „Was denkst du gerade?" in ihrem Kopf vor sich geht.

## Was esse ich heute zum Abend?

Studien legen nahe, dass Männer mehr Zeit damit verbringen, über das Essen nachzudenken, als Frauen – ein möglicher Grund, weshalb das Grillen für viele Männer ein episches Abenteuer ist.

## Die Männergrippe ist nicht zu unterschätzen

Im Gegensatz zu Frauen, die trotz Krankheit weiterhin das Familienleben meistern, liegen Männer bei Erkältungen oder Grippe oft auf dem "Sterbebett".

## Länger im Bad

Statistiken zeigen, Männer benötigen im Durchschnitt länger für die Vorbereitung auf ein Date oder einen besonderen Anlass als Frauen. Die Statistiken wurden bestimmt gefälscht!

Werdende Eltern in Arizona lösten bei einer Enthüllungsparty des Baby-Geschlechts einen Flächenbrand auf einer Fläche von 47.000 Hektar aus, der einen Schaden von 8 Millionen Dollar verursachte.

Im Durchschnitt schenken Männer 0,95 Sekunden der Betrachtung der Haare einer Frau, 0,85 Sekunden bewundern sie ihre Augen, und ganze 7,0 Sekunden richten sie ihren Blick auf ihre Lippen.

Im Jahr 1522 wurde der deutsche Arzt Dr. Wert zum Tode verurteilt, weil er sich als Frau verkleidet in einen Kreißsaal geschlichen hatte. Damals war es Männern untersagt, einen Kreißsaal zu betreten.

Laut einer Studie der Universität Oxford empfinden Männer beim Umarmen signifikant mehr Unwohlsein als Frauen.

## Warum greifen sich Männer gerne in den Schritt?

Das Phänomen gibt immer wieder Rätsel auf und beschäftigt Forscher auch heute noch. Den Forschern zufolge liegt das an mehreren Punkten. Einerseits mag der Hodensack Wärme, am liebsten 33 Grad.

Weiterhin kann es beruhigend wirken, wenn man sich – nicht auf sexuelle Weise – berührt, wodurch das Hormon Oxytocin ausgeschüttet wird. Und eine weitere Erklärung geht weit in der Geschichte zurück, als man seine Weichteile vor Fieslingen schützen musste.

## Männer machten High Heels zum Trend

Im 16. Jahrhundert war es die männliche Bevölkerung, die den extravaganten Schuhtrend der High Heels einführte. Überwiegend wurde das Schuhwerk von adeligen Männern getragen. Als Frauen schließlich die High Heels für sich entdeckten, wollten sie dadurch nicht femininer wirken, sondern die maskuline Präsenz betonen.

## Wie häufig Männer am Tag lügen

Männer lügen im Durchschnitt rund 6-Mal täglich, während sich die Zahl bei Frauen halbieren lässt. Die Daily Mail listete sogar die drei Top-Lügen auf, wonach „Es ist alles in Ordnung, mir geht es gut" die häufigste Schwindelei ist. Dicht gefolgt von „Das ist jetzt wirklich mein letztes Bier" und „Nein, dein Po sieht darin nicht dick aus".

Wer einen Laptop besitzt und in Zukunft Kinder zeugen möchte, sollte diesen am besten nicht auf seinem Schoß platzieren. Die teilweise hohe erzeugte Wärme kann die Fruchtbarkeit beeinträchtigen. Angeblich soll das einer der Hauptgründe für Unfruchtbarkeit sein.

Es heißt, Beziehungsprobleme belasten Männer emotional gesehen mehr als Frauen. Sie können diese Gefühle nur besser verstecken.

Im Vergleich zu Frauen wechseln Männer ihre Meinung zwischen 2- und 3-mal häufiger.

40 Prozent der Männer sind der Ansicht, dass sie problemlos 3 Liter Bier vertragen.

## Wenn der Toilettengang wieder länger dauert

Dann liegt das nicht unbedingt am großen Geschäft, sondern auch daran, dass Männer die Zeit auf der Toilette gerne etwas ausdehnen. Das hat nicht nur etwas mit dem Smartphone zu tun. Mindestens zehn Minuten sind bei jedem dritten Mann keine Seltenheit, in denen beispielsweise der Sportteil einer Zeitung oder auch mal eine Gebrauchsanweisung gelesen wird – selbst, wenn sie mit ihrem Geschäft bereits fertig sind.

## Nicht witzig

Die (experimentelle) Studie von Psychologin Silvana Weber untersuchte den Effekt von geschlechtsdiskriminierenden Witzen auf Männer und Frauen. Frauen empfanden frauenverachtende Witze, besonders wenn sie von Männern erzählt wurden, als bedrohlicher. Im Gegensatz dazu zeigten Männer kaum Reaktionen auf männerverachtenden Humor, unabhängig vom Geschlecht des Sprechers. Diese Ergebnisse zeigen, dass Männer und Frauen unterschiedlich auf geschlechts-diskriminierenden Humor reagieren.

# Schöne Frauen bringen Männer um den Verstand

Es ist kein Geheimnis, doch es wurde wissenschaftlich mit einer Studie der niederländischen Radboud-Universität erforscht. Schöne Frauen machen Männer kurzzeitig „dümmer". Wenn das männliche Individuum eine attraktive Frau sieht, nimmt die geistige Leistungsfähigkeit vorübergehend ab. Das Ganze wurde auch bei Frauen getestet, bei denen jedoch keinerlei Effekt zu erkennen war.

Eine ganz ähnliche Studie führten französische Wissenschaftler durch, wobei letztendlich Blondinen im Vordergrund standen. Hier der Titel: "Blonde Frauen machen Männer dumm." Die männlichen Probanden schnitten bei Intelligenztests deutlich schlechter ab, nachdem sie Bilder von Blondinen gesehen hatten. Fotos von Brünetten und Schwarzhaarigen hatten keinen vergleichbaren Effekt.

Demnach würde bei Sichtung der "blonden Erscheinungen" die Hirnaktivität quasi einfrieren, indem sich die Männer auf das vermutete Niveau der Damen begeben, um ihre Chancen zu verbessern. Die "Sunday Times" beschrieb dieses Phänomen als "Bimbo Delusion" oder "Tussi-Verwirrung".

Ganz schön Klischee-behaftet, oder? Laut einem der Forscher würde dies beweisen, dass sich Menschen häufig an Stereotypen orientieren und ihr Verhalten anpassen.

## Einkaufsstress wie ein Kampfpilot

Wusstest du, dass das Einkaufen für einen Mann durchaus mit viel ungesundem Stress verbunden sein kann? Der Psychologe David Lewis führte 1998 eine Studie durch, für die er unter anderem den Blutdruck und Puls von Männern untersuchte, die in Londons meistbevölkerter Einkaufsmeile Dinge kaufen mussten.

So kam heraus, dass einige Testobjekte teilweise einen solch hohen Stresslevel hatten, dass dieser vergleichbar mit einem Kampfpilot bei einem Manöver war. Kaufen Männer hingegen für sich selbst ein, sei es ein neues Auto, dann war keinerlei Stress zu messen.

Jeder fünfte Mann schaut während seiner Arbeitszeit Pornos – oder schaute schon einmal auf Arbeit welche.

Bis zu den 1930ern war es an US-amerikanischen Stränden den Männern untersagt, Shirt-frei herumzulaufen und ihre nackte Brust zu zeigen. Damit wollte man Frauen und Kinder vor dem Anblick schützen.

Wurde ein Mann von einer brasilianischen Wanderspinne gebissen, „leidet" er stundenlang an einer Dauererektion. Da kann man sich Viagra ja sparen.

In Indien ist es legal, wenn sich Männer mit ihrem Hund vermählen.

## Hilfe, ist da etwa eine Falte?

Studien deuten darauf hin, dass Männer in der Regel weniger Aufmerksamkeit auf ihre Gesichtspflege verwenden, bis sie bemerken, dass sie erste Zeichen des Alterns zeigen.

## Ich kann mich nicht daran erinnern

Männer offenbaren häufig eine erstaunliche Fähigkeit, Dinge zu vergessen, die sie selbst gekauft haben. Dies führt zu kuriosen Szenarien, in denen sie verzweifelt nach Gegenständen suchen, ohne zu realisieren, dass diese bereits im eigenen Besitz sind.

## Wer braucht schon Bedienungsanleitungen?

Männer neigen dazu, das Lesen von Anleitungen zu umgehen, sei es beim Zusammenbau von Möbeln oder der Bedienung von elektronischen Geräten. Stattdessen versuchen sie lieber, intuitiv herauszufinden, wie es funktioniert.

## Das Seil um die Eier

Der sich in Mexiko befindliche Stamm der Huichol-Indianer, haben ein schmerzhaftes Ritual während der Geburt. Befinden sich die Frauen gerade in den Wehen, so wird den männlichen Indianern ein Seil um den Hoden gebunden. Die gebärenden Frauen können damit an dem Seil ziehen, um so die Schmerzen zu teilen.

Die Neuropsychologin Dr. Marietta Papadatou-Pastou von der Universität Athen führte unter 2 Millionen Menschen eine Studie durch, laut der 10,6 Prozent der Menschen Linkshänder sind. Dabei sind Männer mit 11,62 Prozent häufiger linkshändig als Frauen mit 9,53 Prozent.

Statistiken belegen, dass Männer mehr Zeit mit dem Aussuchen eines Netflix-Films verbringen, als mit dem tatsächlichen Anschauen. Die Fähigkeit, sich zwischen Hunderten von Optionen zu entscheiden, ist eine echte Herausforderung.

Eine Studie ergab, dass Männer mehr Zeit damit verbringen, ihre Traumautos online zu betrachten, als tatsächlich Auto zu fahren.

# Shoppende Frauen lassen Männer 3 Wochen warten

Durchschnittlich müssen Männer pro Shopping-Ausflug mit ihrer Liebsten 23 Minuten Wartezeit einplanen. So zumindest zeigte es eine Umfrage, bei der 2.000 Erwachsene befragt wurden. Ob das repräsentativ genug ist, muss jeder für sich entscheiden.

Jedenfalls dehnt sich das pro Jahr auf rund 9 Stunden und 22 Minuten aus, in denen Männer etwa außerhalb der Umkleidekabine oder auch vor dem Laden warten. Das sind 3 Wochen im Leben eines Mannes. Natürlich gilt bei solchen Umfragen wie immer, dass diese mehr der Belustigung dienen und nicht wirklich auf jeden Mann bzw. jedes Paar zutreffen.

## Aus der Hängematte gefallen

In München gab es einen Mann, der seine Frau dazu drängte, in einer Hängematte zu schlafen. Das ging aber nicht ewig gut, denn nach dem 16. Sturz aus der Hängematte und nach 23 Jahren Ehe reichte sie die Scheidung ein.

Studien belegen, dass Männer bei einem Barbecue eine emotionale Bindung zu ihrem Grill entwickeln können, vergleichbar mit der Zuneigung zu einem Haustier.

Männer neigen dazu, öfter die gleiche Route zu nehmen, selbst wenn es effizientere Wege gibt. Dies könnte auf eine Kombination aus Gewohnheit und dem festen Glauben an den "richtigen" Weg zurückzuführen sein.

Laut einer Umfrage sind Männer eher geneigt, sich bei einem Restaurantbesuch für das Gericht zu entscheiden, das nach dem klingt, was sie beim letzten Mal hatten und ihnen geschmeckt hat.

## Wer pupst denn da?

Laut Studien haben Männer mehr Flatulenzen als Frauen. Oder mit anderen Worten: sie pupsen häufiger. Aber das ist wahrscheinlich alles Quatsch, denn es existieren auch gegenteilige Studien, laut denen – und das ist nun viel wahrscheinlicher – jedes Geschlecht einfach gleichviele Blähungen vorweisen kann. Männer halten es eher nicht ganz so dezent zurück wie Frauen.

Fun Fact: Frauen-Pupse haben eine höhere Konzentration an schwefelhaltigen Verbindungen, wodurch der Geruch intensiver wirkt.

Während Singles keine andere Wahl haben, kaufen 77 Prozent der verheirateten Männer ihre Unterwäsche nicht selbst.

Würde man zusammenrechnen, wie häufig Männer Frauen in ihrem Leben anstarren, so würde sich das in etwa auf ein Jahr summieren. Ausnahmen bestätigen natürlich die Regel.

Das feministische Magazin Emma wird auch von Männern regelmäßig gelesen - der letzte Stand waren 2 Prozent männliche Abonnenten.

35 Prozent aller sich auf Dating-Webseilen befindlichen Männer sind verheiratet.

## Wenn der Penis im Reißverschluss klemmt

Autsch, das tut echt weh! So manch Mann kennt sicherlich die Schmerzen, wenn im Genitalbereich der Reißverschluss auf ein Hindernis trifft. 2013 gab zumindest in den USA die Verletzungsdatenbank National Electronic Injury Surveillance System eine Zahl heraus, wonach in dem Jahr 2.000 Männer wegen einer Reißverschluss-Verletzung in die Notaufnahme eingeliefert wurden. Wie wird es jährlich wohl weltweit aussehen?

## Ich hasse shoppen

Bis hierhin hat sich ja bereits herauskristallisiert, dass Männer beim Thema Shopping so ihre Probleme haben. Aus diesem Grund ist es häufig so, dass sich Abteilungen für Männer auch gleich in der ersten Etage eines Kaufhauses befinden. Und nicht selten sogar direkt neben der Eingangstür.

## Die männliche Mittelalter-WG

Im Mittelalter gab es die Möglichkeit, sich als Männer zu verbrüdern und so fast wie ein Ehepaar zusammenzuleben. So konnten diese fast alles miteinander teilen, darunter die Wohnung, ihr Hab und Gut inklusive Geldbeutel, usw.

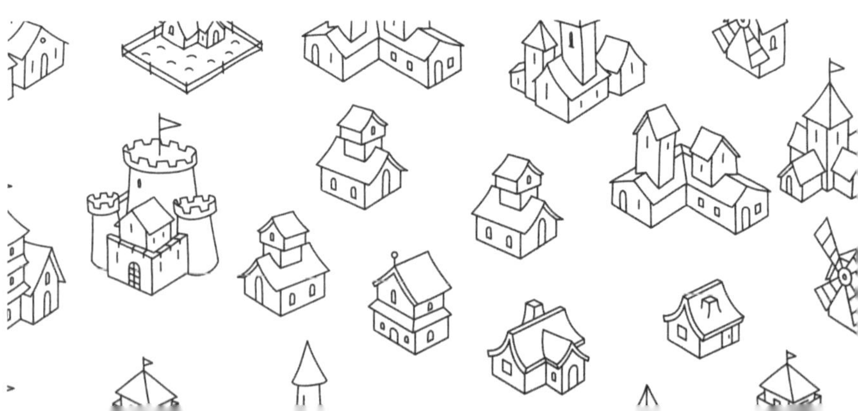

## 50 Zoll statt Sex

Diese Studie ist schon etwas länger her und wurde zwar nur in Großbritannien durchgeführt. Sie zeigt jedoch, wie (einige) Männer ticken. So wurden 2.000 Männer gefragt, was sie denn aufgeben bzw. auf was sie für einen 50 Zoll Plasma-TV verzichten würden. Während der Konsum von Schokolade und Verzicht auf Rauchen mit ganz oben auf der Liste standen, gaben immerhin stolze 47 Prozent an, ein halbes Jahr auf Sex verzichten zu wollen.

## Kein täglicher Unterhosenwechsel

2023 kam im Rahmen einer GfK-Erhebung heraus, dass jeder vierte Mann in Deutschland seine Unterhose nicht täglich wechselt. Beim anderen Geschlecht ist es nur jede zehnte Frau.

## Männer werden häufiger vom Blitz getroffen

Männer ziehen Blitze magisch an. Das könnte man zumindest meinen, denn die werden doppelt so häufig wie Frauen vom Blitz getroffen. Doch woran liegt das? Zu erklären ist das vor allem mit dem unterschiedlichen Verhaltensmuster beider Geschlechter, denn Männer halten sich öfter im Freien als Frauen auf. Zudem gehen diese größere Risiken ein.

## Die ersten Cheerleader waren Männer

Während die Sportart Cheerleading heutzutage von Frauen dominiert wird, war es anfangs noch reine Männersache. Erstmals wurden Cheerleader im Jahr 1898 an einer US-Universität ins Rennen geschickt. Natürlich ohne Pompons und Röckchen, sondern die Männer versuchten mit lauten Rufen ihre Mannschaft anzufeuern.

Und bevor Frauen auch irgendwann mitmachen durften, war diese Sportart den Männern vorbehalten. Sogar spätere US-Präsidenten waren im Cheerleader-Team, darunter Dwight D. Eisenhower, Franklin D. Roosevelt, Ronald Reagan und George W. Bush.

Die Gesprächsthemen von Männern und Frauen könnten unterschiedlicher nicht sein. Männer neigen mehr dazu, über Objekte und Fakten zu sprechen, während Frauen über Gefühle, Beziehungen und Menschen reden.

Bärte wachsen schneller, wenn ein Mann eine längere Zeit keinen Sex hat.

Wenn mit Freunden gesprochen wird, so sind Männer die größten Klatschtanten unter den Geschlechtern.

Wenn es zudem um die Themeninhalte geht, so sprechen Männer im Vergleich zu Frauen weniger negative Dinge an.

## Ärmere Männer haben eine Vorliebe

Da es in diesem Buch um unnützes Wissen und kuriose Fakten rund um Männer geht, muss auch diese etwas idiotischere Studie Einzug halten. Die Universität von New York veranstaltete eine Umfrage unter Studierenden, die ihre finanzielle Situation einschätzen sollten. Und je ärmer sich ein Student fühlte, desto mehr fühlte er sich zu kurvigeren bzw. molligeren Frauen hingezogen. Männer mit mehr Zaster hingegen fanden schlankere Damen attraktiver.

## Spieglein, Spieglein an der Wand...

Durch eine britische Studie kam heraus, dass Männer täglich deutlich häufiger als Frauen in den Spiegel schauen. Während das bei Frauen „nur" 16-mal der Fall ist, checken sich Männer bis zu 23-mal am Tag ab. Dabei verbringt der Mann etwa 10 Minuten damit, was jährlich auf rund insgesamt 6,5 Tage kommt.

## Ich habe doch noch einen Tag Zeit

Studien legen nahe, dass Männer dazu neigen, Geschenke erst in letzter Minute zu kaufen, während Frauen oft monatelang im Voraus planen.

# Gut ausgestattete Männer fahren VW

Nachdem eine britische Studie bescheinigte, dass Männer mit einem kleinen Penis gerne teure Sportwagen fahren, wollte die Online-Community der erotischen Seite JOYclub dem auf andere Art und Weise auf den Grund gehen: was fahren Männer mit großen Geschlechtsteilen?

So veranstaltete man in der Gruppe „BigDicks & Chicks" eine Umfrage inklusive Vermessung der guten Stücke, die wiederum „unter fast laborähnlichen Bedingungen" und fotografisch mit drei Bildern dokumentiert wurde. Schließlich sollten die knapp 15.000 Teilnehmer auch die Wahrheit über ihr bestes Stück sagen und einen großen Penis besitzen.

Jedenfalls konnte man noch in der Umfrage sein favorisiertes Luxusobjekt wählen, wobei jeder vierte Mann das Auto als solches nannte. Tatsächlich sind bei den „BigDicks" nicht die teuren Sportwagen die meistgewünschten Autos, sondern mit 50 Prozent SUVs bzw. Kombis. Nur jeder siebte schwört auf sportliche Flitzer.

22 Prozent - und damit die Mehrheit – gaben VW als Lieblingsmarke an. Mercedes liegt bei 12 %, Audi bei 10 %, BMW bei 10 % und Porsche bei 4 %.

## Blowjob-Cafés

In den 2010er Jahren eröffneten sogenannte Blowjob-Cafés, darunter in der Schweiz und in London. Der Name ist Programm: während Männer ihr Heißgetränk genießen, wird ihnen Oralsex angeboten.

In London beispielsweise können sich die Männer nicht nur ihr Getränk via iPad bestellen, sondern auch eine Dame nach Wahl, die dieses serviert und schließlich zusätzliche Dienste anbietet. So kostet der ganze Spaß umgerechnet etwa 76 Euro und kann für rund 15 Euro viertelstündlich erweitert werden.

Männer wohnen länger bei Mama, denn Statistiken zufolge wohnt die Hälfte der 24-Jährigen noch zuhause.

Männer fühlen sich äußerst wohl in einer Umgebung, die von Frauen dominiert wird, während das Gegenteil nicht unbedingt zutrifft.

Männer fallen häufiger aus dem Bett als Frauen.

In Deutschland leben mehr Frauen als Männer. So kommen auf 1000 Frauen durchschnittlich 971 Herrschaften. Im Durchschnitt heiratet ein Mann im Alter von 33 Jahren und bekommt mit 34 ein Kind.

# Weltmeisterschaft im Frauen-Tragen

Im finnischen Dorf Sonkajärvi findet jährlich die Weltmeisterschaft im Frauen-Tragen statt. Ursprünglich eine alte finnische Tradition, bei der Männer ihre Frauen über Hindernisse trugen, hat sich dies zu einem internationalen Sportereignis entwickelt. Paare aus verschiedenen Ländern nehmen teil und müssen einen anspruchsvollen Parkour bewältigen.

Die Frauen werden auf dem Rücken getragen, während Hindernisse wie Wassergräben und Holzstapel zu überwinden sind. Kreative Tragetechniken, wie die klassische Feuerwehrtrage oder die "Estonian Carry", sind erlaubt. Die Veranstaltung ist für ihre sportliche Herausforderung und ihren humorvollen Charakter bekannt, zieht jedes Jahr zahlreiche Zuschauer an und symbolisiert skurrile Traditionen aus verschiedenen Teilen der Welt.

## Größter Mensch war ein Mann

Der bislang größte je existierende Mensch war ein Mann. Nämlich Robert Wadlow mit einer Körpergröße von stolzen 2,72 Metern. 1918 in den USA geboren, war er bereits mit 5 Jahren 1,63m groß und musste Kleidung tragen, die für 17-Jährige bestimmt war.

Für das enorme Wachstum war der sogenannte Tumor Hypophysenadenom verantwortlich, wodurch Unmengen an Wachstumshormone ausgeschüttet wurden. Mit 21 Jahren wog er 90 Kilogramm und hatte eine Fußlänge von 47cm.

Wadlow wurde nur 22 Jahre alt.

## Was Männer lustiger finden als Frauen

Dass es beim Thema Lachen Unterschiede zwischen beiden Geschlechtern gibt, weißt du ja inzwischen. Auch beim Humor unterscheiden sich Männer und Frauen etwas, wie eine aktuelle Studie aus dem Jahr 2023 wissen ließ und dabei Cartoons zwischen den Jahren 1930 bis 2010 als Grundlage hernahm.

Sind Männer auch in diesem Bereich einfach gestrickt? Könnte man zumindest meinen: demnach bevorzugen Männer lustige Cartoons mit visuellen Reizen und Slapstick, während Frauen eher in Richtung politische Themen und Beziehungen gehen.

Am Ende waren die Unterschiede aber bei weitem nicht so ausgeprägt, um ein aussagekräftiges Ergebnis zu erhalten. Die doch eher geringfügigen Unterschiede erklärt man sich laut Professor Robin Dunbar dennoch mit den unterschiedlichen sozialen Stilen der beiden Geschlechter.

Untersuchungen deuten darauf hin, dass Männer in einem kreativen Umfeld produktiver sind, wenn Hintergrundmusik abgespielt wird, wobei bestimmte Genres unterschiedliche Auswirkungen haben können.

Eine Untersuchung ergab, dass Männer, die ihre Bärte regelmäßig pflegen, ein gesteigertes Selbstbewusstsein und eine positivere Selbstwahrnehmung haben.

Studien legen nahe, dass Männer möglicherweise einen stärkeren Stressabbau erfahren, wenn sie Zeit mit Hunden verbringen, im Vergleich zu anderen Haustieren.

WISSENSWERTES ÜBER MÄNNER

## Schatz, du schnarchst

Das kommt wahrscheinlich für dich nicht überraschend: Männer schnarchen mehr als Frauen. Das liegt auch an den anatomischen Eigenschaften, da Männer im Bereich der Nase und Mund mehr Körperfett besitzen.

## Was hat die Schuhgröße mit der Penislänge zu tun?

Wir räumen jetzt ein für alle Mal mit dem Mythos auf, dass die Schuhgröße etwas mit der Penislänge zu tun hat. Dazu existieren natürlich mehrere Studien, laut denen da kein Zusammenhang besteht. Wer also große Füße hat, dessen Geschlechtsteil ist nicht automatisch groß – das trifft natürlich auch auf die Herrschaften mit kleinen Füßen zu.

## Männliche Haut ist dicker

Die Haut von Männern ist im Vergleich zu der von Frauen um rund 25 Prozent dicker. Mit dafür verantwortlich ist die androgene Stimulation.

## Erhöhte Suizidgefahr

Weltweit gesehen ist die Suizidgefahr bei Männern doppelt so hoch wie bei Frauen. Manche Länder, darunter Brasilien und Russland, liegt die Rate sogar bei bis zu sechsmal so hoch.

## Multitasking fängt im Gehirn an

Dass Männer im Vergleich zu Frauen weniger Multitasking-Talente haben, hört man ja immer wieder. Und das ist tatsächlich so, wofür sie aber natürlich nichts können. Denn wenn Männer eine Aufgabe angehen, wird nur eine Gehirnhälfte aktiviert, wodurch sie ihre volle Aufmerksamkeit und Konzentration darauf ausrichten. Frauen hingegen aktivieren beide Gehirnhälften, was ihnen eine bessere Multitasking-Fähigkeit verleiht.

## Mehr Muskeln und weniger Fett

Durchschnittlich gesehen haben männliche Erwachsene 50 Prozent mehr Muskelmasse und 50 Prozent weniger Körperfett als erwachsene Frauen.

## Männer werden häufiger ermordet

Diese Statistik kommt aus den USA: die Gefahr, dass Männer getötet werden, liegt im Vergleich zu Frauen bei einer vierfach so hohen Rate. Auch als Mörder sind Männer häufiger unterwegs – hier liegt die Rate bei einem Faktor von 10.

## Erhöhter Alkohol- und Drogenkonsum

Und auch in Sachen Alkohol und Drogen liegen die Männer wieder vorn: im Vergleich zu Frauen verfallen Männer dem Alkohol dreimal häufiger und sonstigen Drogen doppelt so häufig. Interessant ist: verheiratete Männer trinken weniger Alkohol als Ledige, während verheiratete Frauen mehr Alkohol zu sich nehmen.

Männer neigen eher dazu Produkte zu kaufen, wenn diese mit holzigen oder würzigen Düften versehen sind.

Forschungen deuten darauf hin, dass Männer mit einem engen Freundeskreis weniger anfällig für bestimmte gesundheitliche Probleme wie Depressionen und Herzkrankheiten sind.

Forscher fanden heraus, dass Männer, die auf dem Bauch schlafen, tendenziell lebhaftere Träume haben könnten als Männer, die in anderen Positionen schlafen.

Eine Untersuchung ergab, dass Männer nach einer schlaflosen Nacht eher zu risikoreichen Entscheidungen neigen könnten.

## Männer haben mehr Punkte in Flensburg

Vermutlich überrascht das wenig: Männer führen die Liste der Verkehrssünderkartei an – und das seit Jahrzehnten. Der Anteil der männlichen Verkehrsraudies ist fast doppelt so hoch wie der von Frauen. Aufgeteilt sind es fast 6 Prozent der Männer und 3 Prozent der Frauen in Deutschland, die einen Punkt in Flensburg haben.

## Wenn Männer ihre Tage haben

Auch Männer können ihre Tage haben, wenn auch nicht im herkömmlichen Sinn. Statt wie bei Frauen PMS, nennt man das hier eher das „Irritable Male Syndrome" (IMS). Dadurch wird die Reizbarkeit bei Männern gesteigert, und Frustration und Stimmungsschwankungen sind ebenfalls mit von der Partie.

Auslöser sind meist Hormonschwankungen oder Stress, wodurch der Testosteronspiegel abnimmt und selbst Begleiterscheinungen wie Lustlosigkeit auf Sex und ein verringertes Selbstwertgefühl auftreten können.

## Männer sind keine Heulsusen... oder doch?

Dass das männliche Geschlecht auch ziemlich emotional sein kann, ist allseits bekannt. Forscher wie Ad Vingerhoets und auch die Augenklinik der Ludwig-Maximilians-Universität München haben jedoch bestätigt, was nicht neu ist: Frauen weinen häufiger als Männer.

Während Frauen im Durchschnitt pro Monat zwei- bis viermal ihren Tränen freien Lauf lassen, kullern diese bei Männern in der selben Zeit einmal. Dabei weinen Frauen durchschnittlich sechs Minuten und Männer zwischen zwei bis vier Minuten lang.

Die Gründe für die emotionalen Ausbrüche sind nicht immer gleich. So heulen Frauen häufiger aus Ärger und Wut, Männer hingegen eher aus Rührung oder Erfolg. Interessant: zwischen 18 und 22 Uhr wird am meisten geweint.

## Männer brechen Studium häufiger ab

Männer brechen ihr Studium häufiger ab, allen voran in den Ingenieurwissenschaften. Dabei beträgt die Studienabbruchquote an deutschen Hochschulen bei den Bachelorstudiengängen 28 Prozent.

## Männer putzen weniger

Einer Forsa-Umfrage zufolge putzen Männer ihre Wohnung insgesamt 3,2 Stunden pro Woche. Frauen hingegen liegen fast bei der doppelten Zeit. Wo wir wieder bei der Hausarbeit wären. Kein Wunder, dass bei Frauen also die meisten Unfälle in dem Bereich passieren.

## Männer verursachen 7 Stunden zusätzliche Hausarbeit

Apropos Hausarbeit: inzwischen hat eine Studie bewiesen, dass faule Männer in einer Beziehung sieben Stunden zusätzliche Arbeit für Frauen verursachen. Klar, im Vergleich zu den 1960ern sind Männer im Haushalt hilfsbereiter.

Doch die Wissenschaftler fanden heraus, dass bei kinderlosen Single-Frauen 10 Stunden Hausarbeit in der Woche verbracht wird und bei kinderlosen verheirateten Frauen 17 Stunden. Das schließt so Dinge wie putzen, waschen, aufräumen usw. mit ein.

Im Jahr trinkt ein Mann durchschnittlich 16,8 Liter Alkohol, während es bei Frauen gut die Hälfte an Litern sind.

2013 gab es mal eine Studie, der zufolge sich die Lebenserwartung unverheirateter Männer um 9 Jahre verkürzt.

Obwohl Frauen mehr Schweißdrüsen besitzen, schwitzen Männer mehr. Mehr Muskelmasse bedeutet eine höhere Körpertemperatur, wodurch bei körperlicher Belastung mehr Hitze bzw. Schweiß entsteht.

Witzige Frauen werden von einem Großteil der Männer als weniger attraktiv empfunden.

## Nach dem Weltraumbesuch

Während die Auswirkungen eines Weltraumbesuchs bei beiden Geschlechtern zwar in der Regel fast gleich ist, gibt es doch ein paar Unterschiede für die Zeit danach. Sobald Männer wieder in die Erdatmosphäre eintauchen, bekommen sie häufig Probleme mit ihren Augen und Ohren. Das haben Frauen beispielsweise nicht. Darüber hinaus leiden Männer nach ihrer Rückkehr häufig an Übelkeit, während es bei Frauen genau andersherum ist. Ihnen wird eher beim Eintritt in den Weltraum schlecht.

## Betrunken und nüchtern betrachtet

Wenn im alten Persien Männer eine Idee bzw. einen Vorschlag hatten, so wurde dies sowohl im nüchternen als auch im betrunkenen Zustand diskutiert. Denn man ging davon aus, dass wenn eine Idee in beiden Zuständen als gut empfunden wird, diese auch wirklich gut ist.

## Männer haben den Helden-Instinkt

Männer spielen sich gerne als Helden auf. Aber dafür können sie nichts, denn Psychologen zufolge besitzen diese den angeborenen Helden-Instinkt. Jeder Mann hat ihn. Und der sorgt dafür, dass das Heldendasein instinktiv geschieht.

## Weniger Testosteron durch Lakritz

Der Genuss von Lakritz sollte grundsätzlich nicht übermäßig erfolgen, da dieser gesundheitliche Probleme mit sich führen kann. Beispielsweise können bereits 7 Gramm zu Potenzproblemen führen. Denn die leckere Nascherei senkt den Testosteronspiegel bei Männern um bis zu 44 Prozent. Frauen hingegen können von Lakritz dahingehend profitieren, dass es die Libido steigert und auch bei hormonbedingter Akne und Haarausfall hilft.

## Sie können mich mal

47 Prozent der Männer haben schon einmal jemandem den „Stinkefinger" beim Autofahren gezeigt. Bei Frauen hingegen sind es 38 Prozent. 46 Prozent der Kerle wurden schon einmal verbal ausfällig, bei dem weiblichen Geschlecht sind es 36 Prozent. (Die Dunkelziffer dürfte natürlich ganz anders ausfallen.

## Die Frau an der linken Seite

Im 18. und 19. Jahrhundert war es üblich, dass sich Frauen an der linken Seite eines Mannes aufhielten. Das hatte einfach den Hintergrund, damit ihr Beschützer schnell das Schwert bzw. die Pistole ziehen konnte.

## Frauenfußball ist Männersache

Auch Frauenfußball wird überwiegend von Männern geschaut, wie etwa die Arbeitsgemeinschaft Videoforschung (AGF) im Rahmen der EM 2022 auswertete. Das damalige Halbfinale wurde von 56,5 Prozent Männern geschaut, während 43,5 Prozent weibliche Zuschauer der 12 Millionen Fußballbegeisterten darstellten.

Und so ähnlich zeigt es sich auch bei anderen Spielen von Fußballerinnen. Immer wieder dominieren Männer die Stadien und Fernsehgeräte. Dennoch ist die Spanne zwischen beiden Geschlechtern nicht allzu weit auseinander - Frauen machen einen Marktanteil von etwa 40 Prozent aus.

Wusstest du, dass Männer durchschnittlich sechs Monate ihres Lebens darauf verwenden, nach Dingen zu suchen, die sie verlegt haben? Schlüssel, Geldbeutel, Fernbedienung, ...

Einer Studie der Columbia University zufolge werden asiatische Männer von Frauen als weniger attraktiv erachtet. Selbst mehr asiatische Frauen bewerten Nicht-Asiaten als attraktiver.

Völlig gleich wie stark ein Mann ist. Er kann ein normales Stück Papier nicht mehr als achtmal in der Mitte falten.

Männliche Ärzte werden doppelt so häufig verklagt als Ärztinnen.

## 37 Minuten für Kinder

Die Organisation für wirtschaftliche Zusammenarbeit und Entwicklung (OECD) gab einmal eine Studie heraus, wonach Väter am Tag im Durchschnitt 37 Minuten Zeit mit ihren Kindern verbringen. Ziemlich wenig, oder? Untersucht wurde in der Studie die Betreuung von Kindern bis 18 Jahre.

Und da die Betreuungszeiten ohnehin mit steigendem Alter sinken, lässt sich damit auch der niedrige Wert erklären. Während Deutschland beim OECD-Durchschnitt im Mittelfeld steht, befinden sich Länder wie Australien, Kanada und Irland an der Spitze. Das Schlusslicht bilden etwa Korea, Japan und Südafrika.

## Frauen-Tränen lassen Männerherzen erweichen

Ende 2023 veröffentlichten Forscher via PLOS Biology eine neue Studie bezüglich Frauen-Tränen und die darauffolgende Reaktion der Männer. Wie man herausfand, fährt der Tränen-Duft die männliche Aggression um mehr als 40 Prozent herunter.

Einer der Neurobiologen geht davon aus, dass Tränen eine Art chemischen Schutzmantel bieten, um gegen Aggression zu schützen. Eine von der Natur so vorgesehene Reaktion, die den Testosteron-Spiegel senkt. Wer also wieder etwas aufbrausend ist, sollte mal an einer Frauen-Träne schnüffeln.

## Unfallschwerpunkt Heimwerken

Jährlich gehen 87 Prozent der Unfälle im Heimwerken auf Männer zurück. Kein Wunder, ist hier doch zu großen Teilen auch eher das männliche Geschlecht zugange. Im Gegensatz dazu passieren 83 Prozent der Unfälle in Sachen Hausarbeit den Frauen.


## Häufiger Schluckauf

Schluckauf tritt bei Männern häufiger auf als bei Frauen, nämlich bis zu 20-mal mehr. Es wird vermutet, dass Männer mehr mit dem Zwerchfell atmen oder bei der Nahrungsaufnahme mehr schlingen, was zu häufigerem Schluckauf führen kann.


## Männer sehen anders als Frauen

Unterschiede zwischen Männern und Frauen existieren ebenso in Sachen Sehen. Und damit ist nicht etwa die Hausarbeit gemeint, die Mann gerne mal übersieht, sondern Männer können beispielsweise bewegte Objekte und feinere Details viel besser erkennen.

Zurückzuführen ist das laut Forschern der City University of New York wahrscheinlich auf das Testosteron-Hormon. Frauen können unterdessen Farbnuancen besser unterscheiden. Für das weibliche Geschlecht erscheint die Welt etwa in wärmeren Tönen, während Männer Kontraste besser wahrnehmen. Übrigens blinzeln Frauen doppelt so häufig wie Männer.

## Mehr männliche Krankenschwestern

Zumindest bis in die 1900er Jahre gab es deutlich mehr Krankenpfleger als Krankenschwestern. Inzwischen ist die Rate deutlich zurückgegangen und Frauen dominieren diesen Bereich. In den USA gibt es beispielsweise gerade einmal nur 5,4 Prozent gemeldete Pfleger. In Deutschland sind es immerhin rund 20 Prozent.

## Höhere Wahrscheinlichkeit für Farbenblindheit

Etwa 8% der Männer sind farbenblind im Vergleich zu nur 0,5% der Frauen. Dies liegt an einer genetischen Veranlagung, die häufiger bei Männern auftritt.

## Tendenz zu riskanterem Verhalten

Studien deuten darauf hin, dass Männer eher zu risikoreichem Verhalten neigen, sei es beim Autofahren, bei Finanzentscheidungen oder in sportlichen Aktivitäten.

## Männer haben im Durchschnitt eine höhere Stoffwechselrate

Dies führt dazu, dass Männer tendenziell mehr Kalorien verbrennen als Frauen bei gleicher körperlicher Aktivität.

33 Prozent der Männer waschen ihr Gesicht nicht täglich, wobei die 18 – 24-Jährigen mit 50 Prozent den Großteil ausmachen.

Männer tendieren dazu, als erstes die Morgenzeitung zu lesen. Denn nicht der Erste zu sein, wirkt sich auf ihre Psyche aus.

Postpartale Depressionen bei Vätern sind real! Etwa 10 % der Männer berichten über Symptome einer Depression nach der Geburt eines Kindes.

Ist dir schon einmal aufgefallen, dass sich die Knöpfe an Männer-Shirts auf der rechten Seite und bei Frauen auf der linken Seite befinden? So verhält es sich auch beim Großteil der Jacken und Hosen.

## Blond bevorzugt

Der Großteil der Männer bevorzugt blonde Frauen. Dafür braucht es keine Studien und Umfragen – aber natürlich existieren diese. Die Studien kommen meist immer auf einen Nenner: zwischen 45 und 49 Prozent der Männer mögen blond. Doch warum ist das so?

Erklärt wird das etwa damit, dass blonde Haare als jünger und gesünder wahrgenommen werden – meist natürlich unterbewusst und auf unsere urzeitlichen Instinkte zurückzuführen. Die Länge der Haare spielt hingegen eher keine so große Rolle bei der Bestimmung der Attraktivität.

## Die rechte Seite im Bett

Apropos Urinstinkte: die stecken in uns ebenso noch in Sachen Bett. Geht es um die Seite, auf der ein Mann schläft, so ist es häufig die rechte. Unbewusst schlafen die Männer letztendlich in der Nähe des „Höhleneingangs" bzw. der Tür, um das Weibchen so vor möglichen Gefahren zu schützen. 62 Prozent der Damen schlafen eher ungern in der Nähe der Tür.

## Boxershorts oder Slips?

Tragen Männer lieber Boxershorts oder Slips? Dazu existieren weltweit haufenweise Umfragen, die in etwa gleich ausfallen. Nimmt man sich jene von TME.NET her, so tragen etwa 35 Prozent Slips und 40,5 Boxershorts. Etwa 24 mögen eher die engeren Boxer Slips. Wie es bei anderen Unterhosen aussieht und wie viele nichts unter der Hose tragen, wurde nicht befragt.

## Männer neigen dazu, schneller zu altern

Obwohl Männer später im Leben anfangen können, altersbedingte Veränderungen zu zeigen, können sie oft schneller und ausgeprägter altern, wenn sie einmal diesen Punkt erreichen.

## Männer quasseln auch viel

Von wegen Frauen sind die Labertaschen unter den Zweibeinern. Wenn, dann quasseln beide Geschlechter gleichviel, wie wissenschaftlich inzwischen bestätigt wurde.

## Schwangerschaftstest für Männer

Auch für Männer kann es ratsam sein, einen Schwangerschaftstest im Haus zu haben. Aber nicht etwa für die Frau, sondern für sich selbst. Denn pinkelt man als Mann darauf und bekommt ein positives Ergebnis angezeigt, so ist Hodenkrebs nicht auszuschließen. (Aber Achtung: man darf sich nicht darauf verlassen und sollte das immer vom Arzt abklären lassen.)

## Mit was Mann mehr Zeit verbringt

Nein, Sex ist es nicht. Denn durchschnittlich gesehen haben Männer insgesamt fünf Monate ihres Lebens Sex. Neun Monate verbringen sie auf Toilette, während sie sich sechs Monate selbst näher betrachten.

## Männer lesen weniger Bücher

Jährlich werden Statistiken veröffentlicht, die zeigen, dass Männer weniger als Frauen lesen. Während 46 Prozent der Menschen in Deutschland regelmäßig viel lesen, fallen darunter 54 Prozent Frauen und 38 Prozent Männer. Dabei sind bei Männern vor allem Kriminalromane, Reiseführer sowie Sachbücher sehr beliebt – so wie dieses Buch natürlich. Frauen hingegen lieben darüber hinaus humoristische Romane, Ratgeber und zeitgenössische Literatur.

## Männer sterben früher

Zwar stieg die Lebenserwartung von Männern und Frauen in den vergangenen Jahrzehnten immer weiter an. Männer jedoch leben kürzer als Frauen. Im Durchschnitt sterben Männer rund 5 Jahre früher, nämlich mit 78,6 Jahren. Frauen hingegen sterben durchschnittlich mit 83,4 Jahren.

Eine Studie von 2022 nahm sich diesem Thema an und geht davon aus, dass der Grund vor allem in den Chromosomen liegt. Bereits im Jahr 1963 konnten britische Forscher erkennen, dass das männliche Y-Chromosom im Laufe der Lebenszeit aus den Zellen verschwindet. Und genau darauf baut die Studie auf, wonach dieser Verlust das Altern beschleunigt.

Doppelt so viele Männer wie Frauen entscheiden sich, Konflikte zu beenden, indem sie einfach das Weite suchen.

Einer Studie des Allensbacher-Instituts zufolge gaben 55 Prozent aller Männer an, dass Frau und Kinder eine zwingende Voraussetzung sind, um ihr Glück zu finden.

Frauen können laut Wissenschaftlern mehr Farbtöne als Männer erkennen, was angeblich am doppelten X-Chromosom liegt.

Mehr als die Hälfte der Männer kaufen die Hose, die sie in die Umkleidekabine mitgenommen haben - nämlich 65 Prozent. Frauen sind dagegen wählerischer – nur 25 Prozent kaufen sich die Hose.

## Männer haben eine größere Reichweite für Sichtfeld und Tiefenwahrnehmung

Die größere Reichweite für Sichtfeld und Tiefenwahrnehmung bei Männern wird oft als eine biologische Anpassung interpretiert, die auf ihre historische Rolle als Jäger und Verteidiger zurückgeführt werden kann. Diese Fähigkeiten könnten in der evolutionären Entwicklung dazu beigetragen haben, dass Männer effektiver in der Jagd und bei der Wahrnehmung von Gefahren waren.

## Kleine Männer sind eifersüchtiger

Eine Studie der Universität Groningen hat gezeigt, dass die Körpergröße in Sachen Eifersucht offenbar ebenso eine Rolle spielt. Demnach neigen kleine Männer zu mehr Eifersucht als ihre größeren Mitmenschen.

## Männer essen mehr Süßes

Frauen werden bei Schokolade bzw. Süßem schwach, wie es uns die Werbe- und Süßigkeiten-Industrien schon immer verkaufen möchten. Das stimmt sicherlich auch, doch unter den Männern existieren mehr Leckermäulchen, die sich das Süße nicht entgehen lassen. Darf man der „Nationalen Verzehrsstudie II" des Bundesministeriums für Ernährung, Landwirtschaft und Verbraucherschutz glauben, so naschen vor allem Männer mehr.

Studien der Universität Manchester zeigen: Frauen, die beim Flirten roten Lippenstift tragen, fangen die Blicke der Männer für 7,3 Sekunden ein, im Vergleich zu 6,7 Sekunden bei rosa Lippen.

Stoffe wie Pelz, Viskose und Seide betonen die Sanftheit und feminine Ausstrahlung einer Frau, und können bei Männern eine intensive, schützende Reaktion auslösen.

Männer fühlen sich oft emotional nahe, wenn sie Seite an Seite arbeiten, spielen oder sprechen, während Frauen Zuneigung häufiger empfinden, wenn sie mit ihrem Partner von Angesicht zu Angesicht sprechen.

Männer nehmen an, dass Frauen mit höheren Stimmen sie eher betrügen, während Frauen - wenn auch auf unbewusster Ebene - Bedenken haben, dass Männer mit tieferen Stimmen eher untreu sein könnten.

## Liebe sorgt für Unentschlossenheit

Wenn ein Mann verliebt ist, wird im Gehirn die sogenannte Chemikalie Phenylethylamin (PEA) produziert. Während dieser Zustand ganz verschiedene Auswirkungen auf den Körper hat, sorgt er dennoch für eine Beeinträchtigung: dem Urteilsvermögen. Dadurch fällt es verliebten Männern schwieriger, rationale Entscheidungen zu treffen.

## Die dritte Burstwarze

Schätzungsweise jeder 100. Mann wird mit einer dritten Brustwarze geboren. Ja, wirklich. Die Brustwarze ist jedoch nicht vollständig entwickelt und befindet sich zumeist unterhalb der regulären Brustwarze – manchmal auch darüber. Meist ist es ein kleiner Fleck, der ohne Brustgewebe daherkommt und sich entlang der sogenannten Milchleiste befindet. Daher tritt auch bei Frauen dieses Phänomen auf.

## Hollywood wird von Männern dominiert

In Hollywood hält sich die Waage der Geschlechterverteilung nach wie vor nicht ausgeglichen, wenn es um Hauptrollen geht. In etwa 75 Prozent der Hauptrollen sind für Männer geschrieben.

## Männer sind empfindlicher

Es ist wissenschaftlich bewiesen, dass selbst echte Kerle empfindlicher gegenüber Schmerzen sind als Frauen. Männer sind empfänglicher dafür, weshalb sie sich dessen instinktiv stärker bewusst werden. Das ist auch gleichzeitig der Grund, weshalb sie mit Traurigkeit und Trauer anders umgehen.

Über 90 Prozent der Männer sind bei der Geburt ihrer Kinder dabei, während jeder 100. Mann im Kreißsaal dabei umfällt.

Etwa 13 Prozent der Männer besitzen eine Kiste mit Erinnerungsstücken an die vorher gescheiterte Beziehung.

Sieht man von den Kopfhaaren einmal ab, so trägt ein Mann im Durchschnitt etwa 25.000 Haare an seinem Körper.

Forschern zufolge verraten die Fingerlängen bei Männern ihre Attraktivität. Ist der Ringfinger länger als der Zeigefinger, so erscheinen diese gegenüber Frauen attraktiver.

## Männer verarbeiten Gerüche und Geschmäcker langsamer

Männer sind in einigen Dingen langsamer, darunter auch bei den Gerüchen und Geschmäckern. Frauen besitzen im Durchschnitt 50 mehr Neuronen in jenem Teil des Gehirns, der wiederum für die Verarbeitung von Gerüchen und Geschmäckern zuständig ist.

## Männer wollen der Versorger sein

Wie schon beim Helden-Instinkt, liegt auch dieser Punkt in den Genen der Männer: Sie wollen der Versorger sein. Zumindest denken sie das. Sei es in Sachen Sicherheit, Nahrung oder beim eigenen Heim. Es ist durch die Evolution so vorgesehen. Sollten sie dieses Bedürfnis nicht stillen können, so neigen sie mehr zu Depressionen.

## Sie wollen doch nur ihr Weibchen beeindrucken

Und wenn wir schon bei der Evolution sind, dann sei außerdem zu erwähnen, dass Männer von Natur aus wettbewerbsorientiert sind. Damals, als die „Höhlenmännchen" ihre Weibchen beeindrucken mussten, war alles auf Wettbewerb ausgelegt. Und das zieht sich wie ein roter Faden auch heute noch durchs Leben.

## Höhere Knochendichte

Männer haben im Allgemeinen eine höhere Knochendichte als Frauen, was dazu beitragen kann, dass Männer seltener an Osteoporose leiden.

## Neigung zu strategischerem Denken

In einigen Studien zeigte sich, dass Männer tendenziell eher dazu neigen, strategisch in Entscheidungsfindungen zu denken, während Frauen eher auf Kooperation ausgerichtet sind.

## Häufigeres Auftreten von Autismus

Autismus tritt bei Männern häufiger auf als bei Frauen, und dies wird oft auf genetische und neurologische Unterschiede zurückgeführt.

## Männer haben tendenziell mehr rote Blutkörperchen

Diese biologische Eigenschaft führt dazu, dass Männer eine höhere Blutkapazität haben und daher mehr Sauerstoff transportieren können.

## Im Alter „weiblicher"

Mit zunehmendem Alter sinkt der Testosteronspiegel bei Männern kontinuierlich, was dazu führt, dass einige sich „weiblicher" fühlen – einige gleichen sich sogar ihrem Ehepartner in diesem Aspekt an.

Wenn ein Mann mit seiner Frau bzw. Partnerin unterwegs ist, so ist dessen Schrittgeschwindigkeit 7 Prozent langsamer. Ist er hingegen mit anderen Männern zusammen, so läuft er schneller.

Männer lügen in Beziehungen häufiger als Frauen, nämlich doppelt so häufig. Männer lügen im Schnitt täglich bis zu sechsmal am Tag.

Männer verfügen über ein zusätzliches Gen, das bei Stress die Aggressionen regelt.

Männer verpassen ihrem Gegenstück am liebsten Schatz, Maus oder Engel als Kosenamen. Ersterer wird am häufigsten verwendet.

## Maskulines Auftreten

Laut einer Studie der Universität von Newcastle in Australien finden Männer Frauen am attraktivsten, wenn diese ihren Kopf nach vorne neigen und leicht nach oben schauen. Diese Haltung verleiht Frauen ein „weiblicheres" und koketteres Erscheinungsbild. Im Gegensatz dazu wirken Männer maskuliner, wenn sie ihren Kopf nach hinten neigen und leicht nach unten schauen.

## Wenn auch Männer Schwanger sind

Beim Couvade-Syndrom, oder der sympathischen Schwangerschaft, zeigt der Partner einer schwangeren Frau Symptome wie Gewichtszunahme, morgendliche Übelkeit, veränderte Hormonspiegel, Wehen und sogar Brustwachstum. Dieses Phänomen wurde weltweit bei werdenden Vätern dokumentiert.

Wenn sie sich unwohl fühlen, berühren Männer in der Regel lieber ihr Gesicht. Frauen hingegen berühren lieber ihren Nacken, ihre Kleidung, ihren Schmuck, ihre Arme und ihre Haare.

Männer zeigen bei der Interpretation von Körpersprache eine Aktivität in 4-6 Bereichen des Gehirns, während Frauen in 14-16 Bereichen aktiv sind.

Die Tränenkanäle von Männern sind größer als die von Frauen. Das bedeutet, wenn Männer weinen, laufen die Tränen nicht so leicht über das Gesicht.

Eine 2012 durchgeführte Studie ergab, dass Männer, die von einer berufstätigen Mutter erzogen wurden, nicht zwangsläufig toleranter oder ermutigender gegenüber berufstätigen Frauen sind.

## 85 Chemikalien täglich

Männer verwenden täglich etwa sechs Produkte mit insgesamt 85 chemischen Inhaltsstoffen, während die durchschnittliche Frau auf ein Dutzend Körperpflegeprodukte zurückgreift, die insgesamt 168 verschiedene chemische Inhaltsstoffe enthalten.

## Ist er als Versorger geeignet?

In romantisch veranlagten Männern ist eine gesteigerte Aktivität im visuellen Teil des Gehirns zu beobachten, während bei verliebten Frauen vermehrt Aktivität im Gedächtnisbereich festgestellt wird.

Forscher vermuten, dass Männer visuell prüfen, ob eine Frau die Fähigkeit zur Geburt von Kindern besitzt, während Frauen sich an Verhaltensaspekte des Mannes erinnern müssen, um seine Eignung als Versorger zu beurteilen.

## Gespiegelte Körpersprache

Männer neigen dazu, die Körpersprache anderer Männer seltener zu spiegeln als Frauen die Körpersprache ihrer Geschlechtsgenossinnen. Frauen zeigen zwar auch die Fähigkeit, die Körpersprache von Männern nachzuahmen. Männer zögern jedoch häufiger, die Gesten oder Körperhaltung von Frauen zu imitieren, es sei denn, sie befinden sich im Balzmodus.

## Der begrenzte Blick der Männer

Männer haben einen begrenzteren peripheren Blick, der dazu führt, dass ihr Blick auffälliger am Körper einer Frau auf und ab wandert. Frauen hingegen verfügen über ein breiteres peripheres Sichtfeld, was es ihnen ermöglicht, den Körper eines Mannes von Kopf bis Fuß zu erfassen, ohne dass es offensichtlich wird. Es zeigt sich, dass Männer nicht zwangsläufig intensiver starren als Frauen; ihr fokussierter Blick macht sie einfach leichter erkennbar.

## Die Midlife-Crisis

Etwa 10 % der Menschen, sowohl Männer als auch Frauen, erleben eine Midlife-Crisis zwischen 35 und 55 Jahren. Während dieser Zeit wird ihnen oft schlagartig bewusst, dass sie älter werden, begleitet von Bedauern über nicht realisierte Ziele und unerfüllte Hoffnungen.

## Die Stummfilm-Interpretation

In einer Studie zur Entschlüsselung eines Stummfilms konnten 42 % der Männer erfolgreich erraten, was geschah. Frauen errieten in 87 % der Fälle korrekt. Es wurde auch festgestellt, dass homosexuelle Männer sowie Männer in hochemotionalen Berufen wie Pfleger, Lehrer und Schauspieler fast genauso gut abschnitten wie Frauen.

# Die männliche Sexualität

## „Ich will Spaß, ich geb Gas"

Die männliche Ejakulation kann Geschwindigkeiten von bis zu 45 km/h erreichen. Der Samen wird durch Kontraktionen der Muskeln mit solch Kraft freigesetzt, dass er eine erstaunliche Geschwindigkeit erreichen kann. Das ist im Vergleich zum Niesen natürlich nichts – hier werden Geschwindigkeiten von bis zu 160 km/h erreicht.

## Die Penislänge

Die Länge des erigierten Penis variiert erheblich, aber die durchschnittliche Länge liegt bei etwa 13 bis 15 Zentimetern. Es existieren viele Mythen darüber, was als „normal" gilt. Der Penis kann während der sexuellen Erregung um das 1,5- bis 2-fache seiner normalen Größe anschwellen. Dieser Prozess wird durch einen Anstieg des Blutflusses in den Schwellkörpern des Penis ausgelöst.

## Nur 4 Sekunden

Im Durchschnitt hält der Orgasmus eines Mannes in etwa 4 Sekunden an – mal mehr, mal weniger. Frauen hingegen können einen Orgasmus sogar zwischen 20 bis 60 Sekunden erleben.

## 5 Frauen täglich

Durchschnittlich sehen Männer fünf Frauen am Tag, mit denen sie gerne den Beischlaf vollziehen würden.

Das weltweite Durchschnittsalter beim ersten Sex liegt bei 17,3 Jahren.

Ein männlicher Pornodarsteller verdient im Schnitt etwa 450 Euro. Dreht er gleichgeschlechtliche Filmchen, kann sich das sogar verdreifachen.

Herzinfarkte während dem Sex sind zwar relativ selten. Doch wenn sie passieren, dann häufig Männern, die ihre Frauen betrügen.

Eine Studie beschäftigte sich einmal mit dem Thema „große Brüste", laut der herauskam, dass finanziell weniger stabilere Männer jene bevorzugen würden.

# Männer denken nicht immer nur an das Eine... oder doch?

Die Häufigkeit sexueller Gedanken bei Männern ist hoch. Untersuchungen zeigen, dass Männer im Durchschnitt etwa 34-mal am Tag an Sex denken. Natürlich variiert dies stark je nach Umgebung, Tageszeit und persönlicher Situation. Bei Frauen hingegen ist es bis zu 20-mal täglich.

## Der Testosteronspiegel

Der Testosteronspiegel bei Männern spielt eine entscheidende Rolle in der sexuellen Erregung und Libido. Ein niedriger Testosteronspiegel kann das sexuelle Verlangen beeinträchtigen, während ein hoher Spiegel die Libido steigern kann.

## Die produzierende Prostata

Die Prostata spielt eine wichtige Rolle beim männlichen Orgasmus. Bei der Ejakulation produziert die Prostata einen Teil der Samenflüssigkeit und Kontraktionen dieser Drüse unterstützen den Samenfluss.

## Orgasmus ohne Ejakulation

Männer können auch ohne Ejakulation einen Orgasmus erleben. Der Orgasmus und die Ejakulation sind zwei getrennte physiologische Vorgänge, obwohl sie normalerweise zusammen auftreten.

Zink spielt bei der Produktion von Ejakulat eine wichtige Rolle. Wer also viel Sex hat oder viel masturbiert, kann durchaus einen Mangel erleiden.

Bei Männern existiert der sogenannte Kremasterreflex. Streichelt man die Innenseite des Oberschenkels, so hebt sich auf der gleichen Seite der Hoden an.

56 Prozent der Männer schauen hin und wieder Pornos. 64 Prozent davon allein und neun Prozent zusammen mit ihrer Partnerin bzw. ihrem Partner zur Einstimmung auf sexuelle Handlungen.

In seinem Leben ejakuliert ein Mann durchschnittlich etwa 7200-mal.

## Die Sexpflicht in der Ehe

Dieser Punkt hat nicht direkt etwas mit Männern zu tun, ist aber doch ziemlich kurios, weshalb er einfach in dieses Buch muss. §1353 Abs. 1 S. 2 des Bürgerlichen Gesetzbuches (BGB) sieht vor, dass die Ehepartner einander zur „ehelichen Lebensgemeinschaft" verpflichtet sind. Und damit gleichzeitig zur sogenannten Geschlechtsgemeinschaft.

Wer also den Sex verweigert, verstößt damit theoretisch gegen ein Grundprinzip des Rechtsinstituts Ehe. Am Ende ist das Ganze natürlich rechtlich nicht durchsetzbar, selbst wenn ein Ehevertrag diese „Sexpflicht" nicht ausschließen kann.

## Das Kuschelhormon

Der männliche Körper produziert während des Orgasmus das Hormon Oxytocin, auch bekannt als "Kuschelhormon". Es ist verantwortlich für das Gefühl der Verbundenheit und Zuneigung nach dem Sex.

## Augenringe während dem Sex

Einige Männer bekommen während des Sex spontan „Augenringe" - ein Erröten bzw. rötliche Haut unter den Augen. Dieser Effekt wird durch die Zunahme des Blutflusses während der sexuellen Erregung verursacht.

## Tägliche Erektionen

Männer haben normalerweise während ihrer Lebenszeit etwa 11 Erektionen pro Tag im Durchschnitt. Diese Erektionen treten oft während des Schlafs auf und dienen dazu, die Penisgesundheit aufrechtzuerhalten. Im zunehmenden Alter nimmt die Häufigkeit jedoch ab. Im Durchschnitt hält eine nächtliche Erektion 20 bis 50 Minuten, maximal bis zu vier Stunden.

## Männer können Milch produzieren

Klingt komisch, ist aber unter Umständen durchaus möglich. Die männlichen Brustwarzen haben nahezu alle Voraussetzungen, um Milch zu produzieren bzw. zu stillen. Die Drüsen und Milchgänge sind vorhanden, wenn auch verkümmert und längst nicht so viel wie bei einer Frau. Selbst wenn man also eine Männerbrust zur Milchproduktion anregen würde, so wäre das Baby nicht satt zu bekommen.

## Der G-Punkt beim Mann

Es gibt Debatten darüber, ob der männliche G-Punkt existiert oder nicht. Einige Forscher glauben, dass es eine Zone im männlichen Anus gibt, die bei Stimulation starke sexuelle Empfindungen hervorrufen kann. Dieser Bereich wird manchmal als Prostata oder „P-Punkt" bezeichnet.

## Das sogenannte „Hoden-Parkinson"

Männer haben manchmal ein zuckendes oder rhythmisches Auf-und-Ab-Bewegen der Hoden, ähnlich dem Zittern bei Parkinson-Patienten. Dieser spontane „Tanz" der Hoden kann manchmal bei Kälte oder während der Erregung auftreten.

## Gääääähn

Dass eine Frau während dem Sex eingeschlafen ist, ist jedem 20. Mann schon einmal passiert.

Eine Studie zeigte, dass Männer nach dem Konsum von Bier kreativere Lösungen für Probleme entwickelten. Der genaue Mechanismus bleibt jedoch umstritten.

Es wurde beobachtet, dass Männer, die intensiv Sport treiben, schneller graue Haare entwickeln könnten. Die genaue Ursache dafür ist jedoch noch nicht klar.

Forschungsergebnisse legen nahe, dass Männer tendenziell empfindlicher auf Säuglingsschreie reagieren als Frauen, insbesondere wenn es sich um das eigene Kind handelt.

## Der Bauchansatz

Frauen empfinden weniger Anziehung zu Männern mit einem „Bauchansatz". Männer mit einem erhöhten Bauchfettanteil weisen niedrigere Testosteronspiegel auf, was zu einer verminderten sexuellen Antriebskraft und verringerten Fruchtbarkeit führen kann. Natürlich ist zu bedenken, dass dies auf einer natürlichen Ebene geschieht, wobei letztendlich die individuellen Präferenzen bei der Partnerwahl im Vordergrund stehen.

## Wie die Mutter, so die Frau

Männer fühlen sich stärker zu Frauen hingezogen, deren Knochenstruktur ihrer eigenen Mutter ähnelt. Forscher bezeichnen dies als „sexuelle Prägung", was bedeutet, dass Gesichter, die wir als Erwachsene attraktiv finden, in der Kindheit bestimmt wurden.

## Müdigkeit nach dem Orgasmus

Die genaue Ursache dafür, dass einige Männer nach einem Orgasmus müde werden, ist noch unbekannt. Ein Mann mit einem Gewicht von 80 kg, der 30 Minuten lang intensiven Sex hat, verbrennt lediglich 63 Kalorien, im Vergleich zu 288 Kalorien beim Joggen über die gleiche Zeit.

Forscher vermuten, dass chemische Substanzen wie Prolaktin im Gehirn freigesetzt werden, was zu dieser Schläfrigkeit führen könnte. Im Gegensatz dazu berichten Frauen, dass sie sich nach einem Orgasmus weniger müde fühlen als Männer.

Anorgasmie, auch als "Orgasmuslosigkeit" bekannt, tritt auf, wenn eine Person Schwierigkeiten hat, einen Orgasmus zu erreichen. Dieser Zustand kann sowohl Männer als auch Frauen betreffen.

Der Weltrekord für die längste dokumentierte Masturbationsdauer bis zum Orgasmus bei Männern beträgt 8 Stunden und 30 Minuten. Bei Frauen liegt die Rekordzeit bei 6 Stunden und 30 Minuten.

Laut einer Umfrage schätzen Männer das Vorspiel auf durchschnittlich 13 Minuten, während Frauen sich etwa 19 Minuten Vorspiel wünschen.

In einer Befragung von 40.000 Männern gaben 90 % an, dass sie es als besonders erotisch empfinden, wenn Frauen die Initiative im Bett ergreifen. Zusätzlich stimmten fast 75 % der Teilnehmer zu, dass Frauen als unattraktiv gelten, wenn sie sich stark schminken.

## Wie lange guckst du?

Im Durchschnitt schauen Männer etwa 9,4 Sekunden lang auf Brüste. Aber wer zählt schon so genau?

## Nährstoffreich

Das männliche Sperma enthält verschiedene Nährstoffe wie Kalzium, Vitamin C, Fructose und Zink. Ein durchschnittlicher Samenerguss enthält etwa 150 Millionen Spermien.

## Empfindsam

Die männliche sexuelle Erregung ist nicht nur auf den Genitalbereich beschränkt. Während Frauen oft von einer breiteren Erregung des gesamten Körpers berichten, können auch Männer eine erhöhte Empfindsamkeit an anderen Stellen als dem Penis verspüren.

## Schnell erledigt

Die Dauer des Geschlechtsverkehrs variiert erheblich und ist individuell unterschiedlich. Forschungen zeigen jedoch, dass der durchschnittliche Geschlechtsverkehr zwischen 3 und 7 Minuten dauert, bevor ein Mann ejakuliert.

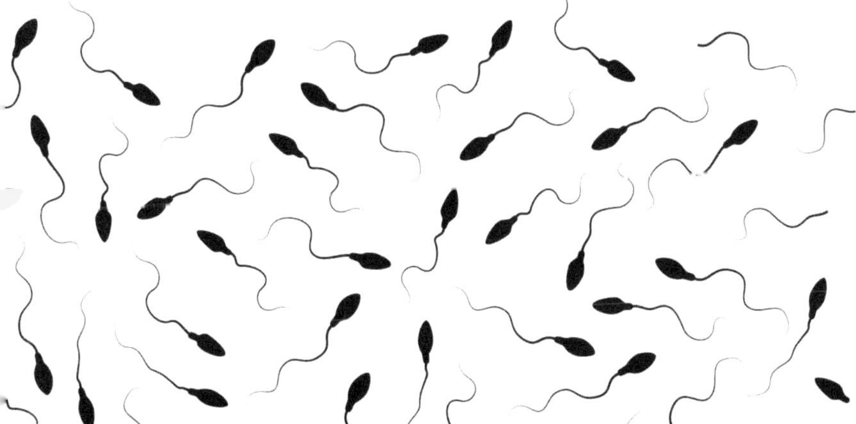

## Großteil würde „Pille für den Mann" schlucken

Bei Frauen ist die Pille gegen die Schwangerschaft sehr beliebt, für Männer wird daran schon einige Zeit lang geforscht. Sollte diese Verhütungsoption eines Tages auf den Markt kommen, so wären laut einer Forsa-Umfrage von 2023 57 Prozent der Männer bereit, eine solche Pille zu schlucken.

Auch Frauen befürworten eine Pille für den Mann, nämlich 74 Prozent. Je jünger die Teilnehmer der Umfrage waren, desto mehr Männer und Frauen waren dafür.

## Der Duft der Schwellung

Es gibt bestimmte Düfte, die die Blutzufuhr zum Penis erhöhen können. Schnuppert ein Mann etwa Lakritz, Schokolade, Lavendel oder auch den süßen Duft von Donuts, so kann durchaus der Penis angeregt werden.

## Homosexualität im alten Rom

Im antiken Rom wurde gleichgeschlechtlicher Sex zwischen zwei Männern geduldet. Viel wichtiger war dabei die Frage, wer die aktive und wer die passive Rolle übernimmt. Denn der aktive bzw. penetrierende Part wurde als männlich und dominant erachtet, während der passive Teil als machtlos und unmännlich deklariert wurde.

## Man kann es ja mal probieren

Ok, Hände hoch. Wer hat schon einmal Oralsex bei sich selbst probiert? Laut den Zahlen jeder vierte Mann. Weltweit gesehen könnten das 0,3 Prozent der entsprechend ausgestatteten Männer durchaus hinbekommen.

## Sexuelles Schlafwandeln

Es gibt seltene Fälle, in denen Männer im Schlaf sexuelle Handlungen ausführen, ohne sich dessen bewusst zu sein. Es handelt sich um eine Art von parasomniatischem Verhalten, das meist im Tiefschlaf passiert.

## Stärkerer Samen macht attraktiver

Zumindest eine Studie aus Spanien ging der Sache nach und kam zu dem Fazit, dass wenn der Samen eine hohe Qualität besitzt, sich das auf die Wahrnehmung der Attraktivität auswirkt. Dabei zeigte man Frauen Bilder von Männern, wobei letztendlich diejenigen mit den besseren Spermien als attraktiv empfunden wurden.

## Bitte melden: Wer schaut keine Pornos?

Im Jahr 2013 wollte Professor Simon Louis Lajeunesse von der University of Montreal eine Studie über junge Männer durchführen, die keine Pornos schauen. Tatsächlich fand man laut eigenen Angaben niemanden für die Studie, weshalb die Forscher das Vorhaben einstampfen mussten.

Ein Mann hat in seinem Leben durchschnittlich zwischen 8 und 15 Sexpartner:innen.

Der Verzicht auf Ejakulation hat in den ersten sechs Tagen kaum Auswirkung auf den Testosteron-Spiegel. Am 7. Tag steigt er um bis zu 146 Prozent.

Die beiden Hoden können sich nach innen in eine Art Hohlraum zurückziehen, in dem sie sich schon während der Entwicklung im Mutterleib befunden haben. Falls das mal während einer Sexposition passiert: keine Sorge, die beiden „Eier" springen da wieder raus.

Weltweit sind die häufigsten Porno-Suchbegriffe von Männern „Milfs" sowie „Teens".

# Ein Kuss mit Absichten

Von der Natur her ist es so gegeben, dass Männer nicht ganz ohne Hintergedanken küssen. Wahrscheinlich passiert das eher unterbewusst, doch Mann möchte mit dem Lippenspiel eher die Lust auf Sex steigern. Bei Frauen hingegen ist das wieder anders, für sie ist das ein alleinstehender Akt der Zuneigung.

# Abnehmen mit dem Mund

Gerade wer als Mann beim Öffnen des BHs mit dem Mund aktiv ist, verbrennt laut einer Studie über 100 Kalorien. Etwas weniger sind es beim einhändigen Öffnen, nämlich 85 Kalorien. Und nimmt man beide Hände dazu, sind es lediglich noch knapp 12 Kalorien.

# Das Kondom passt nicht

Fast die Hälfte der Männer hat schon einmal die falsche Kondom-Größe gekauft – meistens zu groß. Wie Forscher erklärten, könnte das an einem verzerrten Bild der eigenen Penis-Größe liegen, das wiederum durch pornographische Bilder und Videos geschaffen wird. Wie es heißt, hätten nicht Frauen Penisneid, sondern Männer. Und wenn auf den kleinsten Kondomen „small" und Co. darauf, wäre es nur logisch, dass Männer lieber zu „large" greifen würden.

## Das IKEA-Bett

IKEA-Betten sind weit verbreitet. Kein Wunder also, dass jedes zehnte in Europa geborene Baby in einem Bett der Schweden gezeugt wurde.


## Wenn der Penis kleiner wird

Dann könnte es unter anderem auch daran liegen, dass du zu wenig Sex hast. Denn wenn ein Mann einen längeren Zeitraum gar keinen Sex mehr hat, so wird der Penis etwas kleiner.


## Cornflakes gegen Masturbation

Ok, das ist jetzt wirklich kurios. John Harvey Kellogg, der Erfinder der Kellogs Cornflakes, empfand das Masturbieren als größte Sünde – gleich nach dem Sex. Doch er hatte ein Heilmittel: er brachte die Cornflakes auf den Markt, damit sich die Menschen nicht nur gesünder ernähren, sondern auch das Masturbieren einstellen.


## Was Männer und Meerschweinchen gemeinsam haben

Nein, das hat nichts mit dem Aussehen zu tun. Meerschweinchen produzieren täglich bis zu 70 Millionen Samen – genauso viel wie Männer. In seinem ganzen Leben produziert ein Mann durchschnittlich etwa eine ganze Badewanne voll an Sperma.

## Wenn das Telefon klingelt

In einer Umfrage kam heraus, dass wenn während dem Sex das Telefon klingelt, 10 Prozent der Männer und sogar 17 Prozent der Frauen den Anruf annehmen würden.

## Helft mehr im Haushalt

Denn darf man einer Studie kalifornischer Forscher glauben, so wirkt sich die Hilfe im Haushalt positiv auf das Sexleben auf. Männer, die im Haushalt helfen, haben 50 Prozent mehr Sex.

## Multiple Orgasmen

Männer können auch multiple Orgasmen erleben, obwohl sie im Allgemeinen eine längere Refraktärzeit haben als Frauen. Einige Männer können durch Trainingstechniken die Refraktärzeit verkürzen und multiple Orgasmen erreichen.

Interessant zu dem Thema: der Rekord für die meisten Orgasmen in einer Stunde liegt bei Männern bei stolzen 16 Stück. Frauen bleiben jedoch unerreicht mit 134 Orgasmen.

## Wenn der Sack asymmetrisch ist

Ein Hoden hängt immer tiefer als der andere. Das ist nicht schlimm, sondern von der Natur aus so gewollt. Denn dadurch stehen sich beide Hoden nicht ganz so sehr im Weg und schlagen gegeneinander.

Von dem Ebola-Virus geheilte Männer können selbst noch nach zwei Monaten durch ihr Sperma ansteckend sein. Denn der Bösewicht kann in den Hoden fernab des Immunsystems noch überleben.

Mit Cabergolin existiert ein Wirkstoff, mit dem die männliche Refraktärzeit gemindert werden kann. Das bedeutet also, dass Männer dadurch häufigere Ejakulationsorgasmen in schneller Folge erleben können.

In Indonesien nutzt ein Stamm an Eingeborenen die Gandarussa-Pflanze für eine Art der männlichen Geburtenkontrolle. Die Pflanze verlangsamt die Aktivität bestimmter Enzyme in den Spermien und verhindert so eine Schwangerschaft.

## Penisvergrößerung mit einer Papyrus-Rolle

Die erste aufgezeichnete Penisvergrößerung geht auf das alte Ägypten zurück, wo Männer einst Papyrus-Rollen trugen, um ihre Männlichkeit zu betonen.

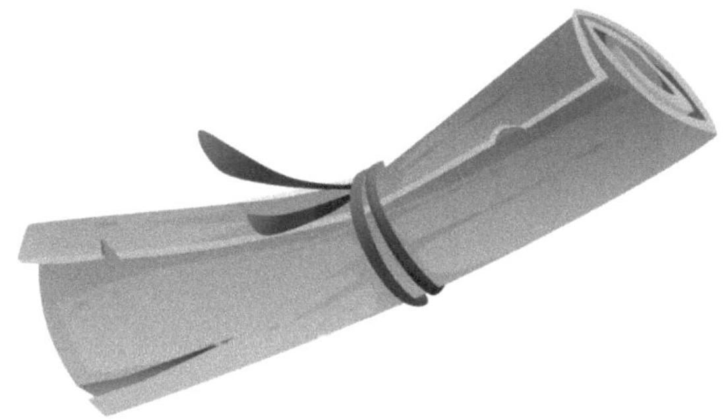

## Das männliche Gehirn leistet Großes

Das männliche Gehirn reagiert auf sexuelle Reize in ungefähr 0,2 Sekunden. Blitzschnell! Eine der schnellsten Reaktionen, die das männliche Gehirn kennt.

## Bitte nicht jetzt...

Eine Umfrage ergab, dass fast 30% der Männer angaben, schon einmal in einem Umkleideraum oder Fitnessstudio eine Erektion bekommen zu haben.

## Erektionen schon in Mamas Bauch

Schon mit 16 Wochen ist es möglich, dass männliche Föten eine sogenannte REM-Erektion bekommen können. Das fand man bereits im Jahr 1965 heraus, wo erstmals von einer Schwellung der Geschlechtsteile die Rede war. Auch weibliche Föten haben REM-Erektionen.

Es heißt, dass wenn man seiner Liebsten oder seinem Liebsten ein Abschiedsküsschen verpasst, seine Arbeit als Mann ruhiger erledigt.

Von wegen, Männer würden nur auf die Brüste und den Po starren. Laut einer Studie liegen das Gesicht und die Augen ganz weit vorn.

Über 50 Prozent der Männer versuchten schon einmal ihren Namen in den Schnee zu pinkeln.

Deutsche Männer besitzen genug frische Unterhosen für nicht ganz drei Wochen, wenn diese denn täglich gewechselt werden. Im Schnitt sind es 19 Schlüpfer.

# Die evolutionäre Weiterentwicklung des Penis

Auch der Penis hat sich im Laufe der Zeit weiterentwickelt. Einer Studie der Evolutionary Psychology zufolge entwickelte sich das männliche Geschlechtsteil vermutlich aus dem Grund weiter, um mit den Spermien von Männchen anderer Arten zu konkurrieren.

Die Natur ging wohl davon aus, dass ein größerer Penis rivalisierende Spermien vor der Ejakulation aus dem zervikalen Ende der Vagina verdrängt. Klingt... nun ja... realistisch?

# Penisverkrümmungen

Etwa 1 bis 3 Prozent der Männer haben eine Penisverkrümmung namens Peyronie-Krankheit, bei der sich Narbengewebe im Penis bildet und eine Krümmung während der Erektion verursacht. Diese Krümmung kann unterschiedlich stark ausgeprägt sein und manchmal zu Beschwerden oder Schmerzen führen.

# Das „Weinen" des Penis

Nach einer langen sexuellen Enthaltsamkeit oder besonders intensivem Sex können Männer manchmal eine tränende Erscheinung ihres Penis erleben. Es handelt sich dabei jedoch nur um eine Ansammlung von Lymphflüssigkeit, die nach einer Weile wieder verschwindet.

# BÄRTIGES ÜBER MÄNNER

## Die Wissenschaft des Bartes

Die Bartwissenschaft wird Pogonologie genannt, weshalb sich also ein sogenannter Pogonologe mit Bärten beschäftigt.

## So ein schöner Bart

Die meisten Komplimente zu einem Bart kommen nicht von Frauen, sondern tatsächlich von Männern. Zwar fällt es Frauen positiv auf, wenn ein Bart gepflegt ist. Doch Männern springt der Bart sofort ins Auge, besonders wenn diese selbst einen nicht ganz so üppigen Bartwuchs vorzeigen können.

## Die Angst vor dem Bart

Manche mögen Bärte, manche eben nicht. Doch wusstest du, dass sogar eine Bart-Phobie existiert, durch die Betroffene regelrechte Angst bzw. Ekel empfinden? Das Ganze nennt sich Pogonophobie und lässt beispielsweise Brechreiz, Schweißausbrüche und einen ungleichmäßigen Herzschlag entstehen.

## Mehr als die Hälfte trägt Bart

Darf man Statistiken glauben, so tragen weltweit 55 Prozent der Männer einen Bart bzw. haben eine Gesichtsbehaarung. Da fragt man sich, wie lange die Statistiker zum Zählen brauchten.

## Der längste Schnurrbart

Der längste dokumentierte Schnurrbart eines Mannes ist 63,5 cm lang. Den Rekord stellte der US-Amerikaner Paul Slosar im Rahmen des National Beard and Moustache Championships Ende 2022 auf. Wie er angab, sah sein Schnurrbart stolze 30 Jahre lang keine einzige Schere.

## Der längste Bart

Neben dem längsten Schnurrbart darf natürlich auch der längste Bart nicht fehlen, wobei man dies von zwei Seiten aus betrachten muss. Der Bart des verstorbenen Norwegers Hans Langseth war zu seinen Lebzeiten so lang, dass er im Jahr 1927 bei 5,33 Metern lag. Das erreichte bis dato niemand. Schaut man sich die längsten Bärte noch lebender Männer an, so hält Sarwan Singh aus Schweden mit 2,54 Metern (Stand 2022) den Rekord.

## Wachstums-Zyklus eines einzelnen Barthaares

Interessant in diesem Zusammenhang ist, dass ein einzelnes Barthaar bis zu 6 Jahre lang wachsen kann. Das Wachstum eines Bartes folgt einem Zyklus, der das Haarwachstum, Ruhephasen und den Verlust des Haares beinhaltet. Einige Barthaare haben eine beeindruckende Lebensdauer, bevor sie durch neue ersetzt werden. Übrigens wächst ein Bart am Tag schneller als in der Nacht.

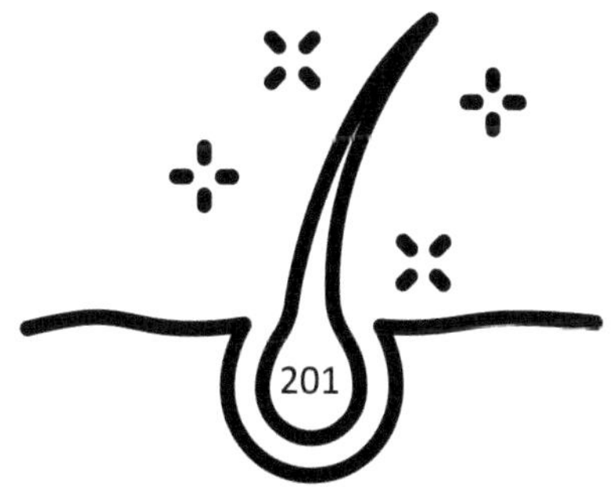

In China fanden bislang in etwa 30 Millionen Männer keine passende Frau.

Und wieder eine Studie, die perfekt in dieses Buch passt: laut dieser betrügen Männer mit einem niedrigeren IQ häufiger ihre Frauen.

Männer versprechen Dinge nicht nur häufiger als Frauen, sie sind auch diejenigen, denen ein „Ich liebe dich" schneller herausrutscht.

Der erste Filmkuss zwischen zwei Männern trat bereits 1927 in dem Stummfilm Wings auf. Der Streifen erhielt einen Oscar.

# Die durchschnittliche Bartwuchsrate

Die durchschnittliche Bartwuchsrate beträgt etwa 13,9 cm pro Jahr. Allerdings variiert die Wachstumsrate von Mann zu Mann aufgrund genetischer und hormoneller Unterschiede. Einige können schneller einen dichten Bartwuchs entwickeln, während es bei anderen langsamer vorangeht. Übrigens: das Kopfhaar wächst mit 12cm pro Jahr noch langsamer.

# Männer mit Bart trinken weniger Bier

Darf man Studien glauben, so bleibt an einem durchschnittlichen Schnurrbart pro Schluck 0,56 Milliliter Bier hängen. Angeblich würden damit – natürlich je nach Schnurrbart und Häufigkeit des Biergenusses – jährlich eineinhalb Liter Bier verschwendet werden. Das Ganze hat aber auch einen positiven Nebeneffekt: das enthaltene Malz pflegt das Haar.

# 30.000 Bakterien im Bart

Wie schon beim Bier, fungiert der Bart auch in Sachen Pollen und Staub als eine Art Filter. Selbst Giftstoffe sollen durch den Bart weniger in die Lunge gelangen. Es spricht also nach wie vor nichts gegen einen Bart.

Dennoch beherbergt ein Bart bis zu 30.000 Bakterien, was sich in etwa mit der gleichen Anzahl auf einer Toilettenschüssel (33.000 Bakterien pro 10 Quadratzentimeter) vergleichen lässt.

Wenn Männer Sport treiben, verbrennen sie vor allem Kohlenhydrate. Bei Frauen hingegen ist es vermehrt Fett. Das ist auch mit der Grund, weshalb Frauen schneller regenerieren und Männer dafür mehr Zeit benötigen.

40 Prozent der Männer lassen ihre Augen bei einem Kuss auf, während das nur 5 Prozent der Frauen tun.

Männer brauchen nur 8,2 Sekunden, um direkt der Liebe zu verfallen. Bei Frauen sind es im Schnitt etwa 15 Tage.

Eine Studie untersuchte einmal Selbstgespräche während des Einparkens. Demnach seien Männer, die beim Einparken mit sich selbst reden, in dieser Hinsicht leistungsfähiger. Das liegt daran, dass die kognitiven Prozesse dadurch gesteigert werden.

# Sport: Muss der Bart ab oder darf er bleiben?

Im Sport gelten unterschiedliche Regeln, ob ein Bart dranbleiben darf oder ob er ab muss. Beispielsweise gilt für das Sportschwimmen eine Ganzkörperrasur-Pflicht, was aber nichts mit der Ästhetik zu tun hat.

Vielmehr geht es um unvorteilhafte Verwirbelungen durch Härchen an den Armen und Beinen. Beim Radfahren ist es ganz ähnlich, hier sind auch im Gesicht nicht viele Haare erwünscht, während selbst beim Ringen und Boxen derartige Regeln gelten. Zumindest bei den Amateur-Boxern wird das geregelt, während Profis da schon ein bisschen mehr Spielraum haben.

# Echt stabil

Flechtet man einen Bart, so soll dieser angeblich mehr als ein Seil der gleichen Dicke aushalten.

# Was, wenn man sich nie rasieren würde?

Nehmen wir mal an, man würde sie niemals in seinem Leben rasieren. Durchschnittlich spart man sich damit etwa 145 Tage an Rasur, würde man sich denn vergleichsweise täglich rasieren.

Angeblich ist der glücklichste Mann in einer Beziehung jener, der eine sechs Jahre jüngere Partnerin an seiner Seite hat.

Drei der beliebtesten Berufe bei Männern sind Industriemechaniker, KFZ-Schlosser sowie Handelskaufmann.

15 Minuten dauert die Entscheidung für einen Mann im Durchschnitt bei einem Date, ob er es wiedersehen möchte oder nicht.

Die Lungenkapazität von Männern ist um 50 Prozent größer als die von Frauen. Eine mögliche Erklärung dafür könnte der Witz über die "heiße Luft" sein, aber biologische Faktoren spielen hierbei eine größere Rolle.

# Nicht anfassen!

Im Mittelalter galt es als äußerst unverschämt und sehr beleidigend, wenn man den Bart eines anderen Mannes anfasste. Das dürfte heutzutage nicht anders aufgenommen werden. Wer traut sich? Damals war das auch ein Zeichen dafür, um jemanden zum Duell herauszufordern.

# Eine Bart-Lizenz

Im römischen Reich war das Tragen eines Bartes mit Geld verbunden. Wer sich einen Bart wachsen lassen wollte, musste erst einmal eine Lizenz dafür haben. Zudem wurden auf den Bart Steuern fällig. Verrückt, oder?

# Bärte sollten Krankheiten vorbeugen

Zumindest während dem viktorianischen Zeitalter ließ so mancher Arzt seine männlichen Patienten wissen, dass der Bartwuchs Krankheiten vorbeugen kann.

## Auch die Herrscherin musste Bart tragen

Im alten Ägypten galt der Bart als autoritär und sollte Respekt einflößen. Da aber nicht nur männliche Pharaos in Ägypten regierten, sondern beispielsweise auch die Königin Hatshepsut, musste diese ebenso Bart tragen.

Dafür nutzte sie einen falschen Bart, der einfach umgeschnallt wurde. Dieser Bart ist noch an alten Statuen und auf Bildern von Hatshepsut zu sehen. Übrigens wurde der Bart gerne auch Gold gefärbt, wodurch der höhere Status einer Person unterstrichen wurde.

# Aalglatt in den Nahkampf

Alexander der Große wollte in seiner Armee keine Bärte, da er diese in Nahkämpfen für problematisch hielt. Schließlich hätten die gegnerischen Soldaten an diesen ziehen können. Daher gab er allen den Befehl zur Rasur. Der Eroberer läutete übrigens das Zeitalter der bartlosen Soldaten ein, bis dahin trug man stets Haare im Gesicht - auch die unterworfenen Griechen. Der Bart kam vorher häufig nur für Trauerfeiern oder auch als Bestrafung ab.

# Lincoln und der Brief einer 11-Jährigen

Den 16. US-Präsidenten Abraham Lincoln kennt man als Bartträger. Doch das war nicht immer so. Eines Tages erhielt er von der damals 11-jährigen Grace Bedell einen Brief, in dem sie ihn dazu animierte, doch einen Bart zu tragen. Denn ihre Brüder würden über dessen schmales Gesicht lachen.

Würde er nun einen Bart tragen, so würden nicht nur ihre Brüder Lincoln wählen. Sondern Frauen würden Bärte lieben und ihre Männer dazu bringen, Lincoln zu wählen. Und dieser Brief war letztendlich der Auslöser dafür, dass sich Lincoln den berühmten Backenbart stehen ließ.

Weltweit ist die Wahrscheinlichkeit, dass Jungen im Säuglingsalter sterben, um 25 % höher als bei Mädchen.

Interessant: auf dem Kopf rasierte Männer wirken im Vergleich zu ihren behaarten Kollegen um rund zweieinhalb Zentimeter größer und um 13 Prozent stärker.

Das Gehirn männlicher Erwachsener ist bis zu 10 Prozent größer als bei Frauen, wobei beim weiblichen Geschlecht jenes effizienter arbeitet.

Statistisch gesehen werden täglich rund 107 Babyjungen geboren, während am Tag etwa 100 weibliche Babys zur Welt kommen. Das variiert natürlich stark.

## 3,5 Kilogramm

Im Durchschnitt rasieren sich Männer in etwa 800 Meter Barthaare im Laufe ihres Lebens ab. Das entspricht rund 3,5 Kilogramm an Haaren. Natürlich kommt es auch hier auf die Lebensspanne und den Haarwuchs an.

## Sex-Gedanken beschleunigen Bartwachstum

Wie bereits erwähnt, hängt die Rate des Bartwachstums zwar von den genetischen und hormonellen Unterschieden ab. Doch wie es heißt, wird dieser beschleunigt, wenn ein Mann an Sex denkt oder diesen praktiziert.

## Kein Bart für die Micky Maus

Obwohl Walt Disney einen Schnurrbart trug und zumindest die sieben Zwerge im Filmklassiker Schneewittchen Bart zeigen, verbot Disney 60 Jahre lang seinen Disneyland-Mitarbeitern sich Bärte stehen zu lassen. Zumindest die, die öffentlich zu sehen waren. Das Ganze wurde tatsächlich erst im Jahr 2012 gelockert. Seitdem können die Mitarbeiter ihren Bart so lang wachsen lassen, wie sie wollen.

## Mehr Bartwuchs im Sommer

Wahrscheinlich ist es dir schon einmal aufgefallen, sofern du männlich bist. Der Bartwuchs ist in den Sommermonaten am höchsten. Studien zufolge steckt dahinter der erhöhte Testosteron-Spiegel. Der ist folglich im Winter niedriger, auch wenn es Sinn ergeben würde, durch mehr Bart für die kalte Jahreszeit gewappnet zu sein. Aber die Natur dürfte sich schon etwas dabei gedacht haben, dass es nicht so ist.

Untersuchungen zeigen, dass kurze Mittagsschläfchen, auch bekannt als Powernaps, bei Männern möglicherweise effektiver sind, um die Leistungsfähigkeit am Nachmittag zu steigern.

Studien haben herausgefunden, dass Männer dazu neigen, Kaffee mit aufwendiger Barista-Kunst auf dem Milchschaum als geschmackvoller und ansprechender zu betrachten.

Die Forschung deutet darauf hin, dass Männer möglicherweise weniger essen, wenn ihre Mahlzeiten auf rotem Geschirr serviert werden, was auf eine psychologische Wirkung von Farben hinweist.

ENDE

# GAMING NONSENSE

## Die Buchreihe für Gamer

Unnützes Wissen, kuriose Fakten, spannende Geschichten und mehr

exklusiv bei amazon.de

# AUCH ALS HÖRBUCH

Erhältlich u.a. bei  audible  an amazon company   iTunes

# Impressum

Die Deutsche Nationalbibliothek verzeichnet diese Publikation in der Deutschen Nationalbibliografie; detaillierte bibliografische Daten sind im Internet über dnb.dnb.de abrufbar.